TOQUE

C. S LUIS

CONTENTS

ACKNOWLEDGMENTS

Traduzido por Adriana Pine

JESSICA

Era uma daquelas noites vazias esquecidas por Deus. A mente solitária de Jessica estava no final do crepúsculo e voltando para casa, para seu cachorro. Seria outra noite dolorosamente amarga, ela pensou consigo mesma. Um pouco inquieta. Ela se sentia, bem, *rancorosa*. Até os dias estavam frios e fazia muito tempo, talvez anos, desde que ela tinha se divertido com outro ser humano.

Ela havia trabalhado muito naquela tarde e estava entrando no estacionamento, pensando nos eventos do dia. Contemplando seus colegas de trabalho; isto é, os poucos que queriam sair com ela. Mas ela não estava pronta, ela pensou. Não, era muito cedo para ter até um momento para si mesma. A verdade sincera era que ela ainda estava com muito medo. De uma maneira triste, desamparada e miseravelmente imposta. O tempo cura tudo, ela acreditava anteriormente, mas já fazia dois ou três anos desde que seu marido faleceu e ela ainda não havia superado.

Ela considerou que estava enlouquecendo. Profundamente. Mais um tempo sozinha, e ela *enlouqueceria*! Houve noites em que tudo em que ela conseguia pensar era em seus desejos, e em troca o silêncio zombava dela com um gemido. Uma dor crescente começou a surgir dentro dela, e ela se viu incapaz de dormir. Era sua solidão ou sua satisfação pessoal que a motivaram?

Não era apenas seu próprio ego solitário, ela percebeu; eram outras coisas. Coisas necessárias. O toque humano e a ternura, ela se tranquilizou. *Amor*, ela exclamou enquanto subia a escada. Mas *outra coisa*, saindo de dentro dela, que discordava com desgosto. O amor verdadeiro havia falhado com ela há muito tempo. Havia outro impulso, mais selvagem e impacientemente perverso, uma força misteriosamente forte que precisava ser reconhecida em breve: *isso*.

Esse sentimento estava se transformando em um estado estável de ansiedade deliciosa. Toda noite ela sentia a necessidade do toque de outra pessoa. Justo quando pensava que iria soltá-lo, ela o colocava de volta dentro do seu corpo gelado, vergonhosamente, e fechava os olhos para bloqueá-lo.

Por que ela fazia isso consigo mesma, ela se perguntou. E aqui, mais uma vez, ela fez todas as perguntas erradas, sem ouvir seus sentimentos. A verdade é que ela *talvez* estivesse com medo. Mas, *de quê*, ela teve que usar todas suas faculdades para se questionar. Afinal de contas, de fato, *de quê*?

Ela havia estacionado a bunda no terceiro andar e não estava com muito medo de ficar sozinha. Ela estava *acostumada* com as longas noites vazias. Ela havia se acostumado a ficar sozinha. Isso não a incomodava como aconteceu anos depois do acidente. Embora esperasse que as coisas fossem diferentes, ela correu para o elevador, esperando evitar o segurança que sempre flertava com ela, mesmo antes de se tornar viúva.

Ela odiava isso. Mas, às vezes, se perguntava se gostava, já que nunca dizia para ele se afastar. Talvez ela quisesse uma mudança em sua vida. Ela estava pronta para uma coisa dessas? Ela poderia se afastar da pessoa que fora uma vez? Ela estava pronta para namorar alguém?

Ela não tinha mais certeza. Mas esse sentimento de grande ansiedade havia começado a rastejar novamente por todo seu corpo intocado. Ela podia sentir isso entre a barriga e os seios, que coraram, e acidentalmente roçou o próprio mamilo com a alça da bolsa. Todos os dias, seus mamilos estavam ficando cada vez mais duros, como uma força erótica indescritível.

Percebendo isso, ela sentiu a calcinha umedecer e tentou se apressar para esconder a vergonha. De repente, *toda* animada e não sabia o porquê. Por acaso a ideia desse de segurança paquerador despertou novos sentimentos estranhos dentro dela? Mas por que, ela se perguntou.

Talvez ela quisesse alguma emoção, alguém para lhe fazer companhia durante aquelas noites solitárias em casa. Mas ela afastou o pensamento da cabeça. Ela nem gostava do cara... ela tentou se convencer disso. Ele era um *idiota*, ela pensou e ele tinha uma coisa sobre sexo. Ele era até um *pervertido*! E ela podia ver nos olhos dele que ele queria transar com ela, mesmo antes de ficar viúva. Ele roçava de propósito nela e pressionava a mão na parte inferior das suas costas.

Ela queria se apressar, mas algo dentro de si diminuiu seus passos. Ela queria realmente parar e conversar com ele? Aquela *coisa* dentro dela estava explodindo e fazendo seu sangue correr. Ela podia sentir-se tremendo de maneira violenta e seus seios, pontudos e arredondados, estavam como sempre tão cheios, tão bem sustentados, mas agora mais duros que melões e quase completamente visíveis através da blusa de seda que foi forçada a usar. Os botões estavam muito perto de arrebentar.

Ela não entendia. Mas o sentimento era avassalador. E um pouco mais do que ela poderia suportar. Fazia tanto tempo que só de pensar em um homem a afetava de maneira tão ardente? Era como comer em um restaurante mexicano e sentir o gosto de um certo tempero.

Ela entrou no elevador, no exato momento em que grandes gotas de umidade entre as suas pernas começaram a banhar e encharcar sua calcinha. Mas parecia que ela tinha evitado problemas por enquanto e deu um suspiro de alívio quando as portas se fecharam na sua frente.

Ela esticou os lábios vermelhos carnudos em um divertido sorriso pungente, tendo sido anteriormente fumante de cigarros e se perguntou como *seria* uma noite de sexo selvagem com um cara assim ...

O elevador parou e ela deu um passo em direção à porta para sair, só para se encontrar cara a cara com o *homem* que tentava evitar. Ele sorriu, segurando a porta do elevador aberta e bloqueando sua única saída. Ele não era bonito nem feio. Seu rosto estava coberto por uma barba clara, enquanto a aba preta de seu quepe de segurança escondia seus grandes olhos castanhos do resto do rosto. Ele era alto e embora fosse um pouco maior e mais largo que ela, não era gordo; apenas robusto. Tão robusto e com toda probabilidade peludo.

Ela tropeçou para trás, seus olhos brilhantes caíram para o chão e um suspiro escapou de seus lábios pintados como um palhaço. No mesmo instante, seu coração começou a acelerar loucamente e ela podia ouvi-lo. Ela sentiu um jorro de inundação entre a boca rosa e aparentemente aberta de sua boceta e gemeu *agradecida* que não pudesse se mexer.

De repente, ela percebeu que seus mamilos rosados estavam cutucando de maneira visível a blusa de seda branca, revelando de maneira desafortunada sua excitação.

"*Já* indo para casa?" ele deu um grande sorriso, de modo que ela seguiu seus olhos castanhos e redondos e notou que ele olhava para os seios pontudos. E ela viu quando ele lambeu os lábios, ajeitando as bolas nas calças.

Ele agarrou a virilha, fingindo estar ajustando o cinto, onde carregava o walkie-talkie. Havia uma voz saindo do dispositivo; outro policial pedindo que ele atendesse, mas ele pareceu ignorá-lo brevemente antes de atender e responder com raiva.

"Estou *fazendo* isso agora!" ele informou de maneira ríspida ao outro segurança e enterrou o walkie-talkie de aparência pobre na correia do cinto. Embora ele fizesse todos os esforços para ocultar a maneira como olhava para ela, ela percebeu de imediato.

"*Você* está tentando *me* evitar?" ele proferiu, através daquele escovão de cabelos que chamava de barba.

"*Não*, claro que não. Não seja bobo," ela se forçou a dizer, puxando para frente os cabelos pretos compridos até a cintura, esperando que algumas mechas ajudassem a esconder seus seios pálidos e fartos por baixo deles.

Ele tropeçou para dentro do elevador, soltando as portas de maneira descuidada.

"Oops. *Desculpe,*" ele murmurou e fez uma tentativa pobre para abrir as portas, mas ao invés disso apertou o botão do último andar. Ela percebeu que ele sabia onde ela estava estacionada. E isso não a surpreendeu.

Ela o pegou fazendo suas patrulhas ao mesmo tempo em que saía do elevador e se perguntou se ele estaria atrasado dessa vez. Enquanto vagava, preocupada com o que sua mente suja estava pensando agora, ele olhou para ela. Estudando sua pele branca, limpa e lisa como mármore. Ele disse que ninguém tinha uma pele de alabastro tão bonita quanto ela. E quando ela falou, ela podia vê-lo olhando para seus lábios se movendo e quase podia sentir que ele estava imaginando um beijo.

"Espero que você não esteja com pressa", ele olhou de maneira lasciva, conversando com os seios dela novamente.

Ela tremeu, não por medo, mas por puro prazer e não

sabia quanto tempo poderia se segurar. Seus fluidos sexuais leitosos estavam escorrendo pelas suas pernas, formando pequenas piscinas virgens.

Seus seios ficaram mais cheios e pareceram ainda mais pontudos quando ela exalou. Ela deveria apenas convidá-lo para sua casa? Ela não sabia por que essa ideia surgiu de maneira tão brusca, mas não se mexeu, mesmo quando ele se aproximou dela.

"O que você *quer*?" ela ofegou, quase tendo um orgasmo, olhando com malícia diretamente para ele enquanto ele estava bem ao lado dela. Ela podia sentir o calor mais surpreendente emanando do corpo dele.

"Só queria conversar," ele sorriu, olhando mais de perto para ela.

"Sobre *o quê*?" ela retrucou, tentando não olhar para ele.

Ela sabia que não valia a pena; ele estava sempre olhando para seus seios. Seus mamilos rosados estavam empurrando através da blusa branca. Como ela decidiu não usar sutiã, só agora percebeu o erro que cometeu. E ela estava ciente de que a pele estava visível e os mamilos rosados estavam agora pulsando através do tecido.

"O que você vai fazer... *mais tarde*?" ele perguntou, respirando com dificuldade e colocou a mão no ombro dela em um falso gesto gentil.

Embora ela soubesse que era qualquer coisa menos um gesto. Ele já havia feito isso antes e assistira com prazer como o leve movimento de sua mão fez seus seios saltarem. Talvez ele estivesse pensando que o tecido estava esfregando contra os mamilos ou que ele, de alguma forma, faria isso acontecer. E ele estava *certo*, ela pensou, quando eles saltaram suavemente sob a blusa e esfregar o pano suavemente, *aumentou* sua excitação.

"Você está *brava* comigo?" ele perguntou de novo. Desta vez, ele esfregou o ombro dela com delicadeza, com um sorriso se espalhando em seu rosto muito bronzeado, mas um pouco robusto e passou a mão pelo braço dela, tocando a lateral do seu seio.

Ela se virou e olhou para ele com um sorriso, seu sexo pulsando entre as pernas, os mamilos ficando mais duros e ela estava suando.

"Não, *claro* que não," e ela deu uma risadinha sem graça, mesmo depois que ele manteve a mão em seu braço, acariciando o lado do seu seio com um dedo.

Ela o ouviu suspirar; a respiração pesada dele era algo que ela podia ouvir, acima do som de seu próprio batimento cardíaco.

Desdenhando da morte, ela sorriu com desdém com o canto do lábio avermelhado para ele, sabendo que isso só dava a ele coragem para se deixar levar ainda mais. Ela quase sentiu vontade de agarrar suas calças e puxar seu pau para fora. Embora morta por dentro, ela quase se perguntou por que estava sentindo isso. Por que *estava* tentando encorajá-lo? Ela odiava esse cara e não apenas isso; ele era alguém com quem ela...*bem*... nunca conseguiria se ver. Talvez ela estivesse sozinha por muito tempo, ela pensou.

Então, seu primeiro nome voltou para ela, escrito em pequenas letras em seu uniforme.

Mas George se aproximou, como se quisesse aceitar seu convite. E quando ele segurou a mão em seu braço, ela deu um passo à frente quando o elevador parou repente, tentando escapar dele.

Mas, quando parou, o elevador balançou um pouco e em vez disso, ela caiu em cima dele. E ao fazê-lo, ele tentou agarrá-la para ajudá-la a se equilibrar, mas, em vez disso, agarrou seus seios. Só que, por acaso ele *pretendia* fazer isso, ela se perguntou. Mas a verdadeira pergunta era: ela planejou isso a vida toda, só para cair em cima dele?

Recuperando o equilíbrio, ela encontrou uma das mãos

dele em seus seios, provocando-os, enquanto a outra pressionava a parte inferior das suas costas, segurando-a contra ele.

Ele estava ocupado tocando um mamilo duro com a ponta do dedo e ela ofegou encantada quando sentiu que ele a beliscava com gentileza pela primeira vez, de modo que ele percebeu de imediato, embora ela não quisesse que ele o fizesse.

Ela tentou empurrá-lo para trás, mas ele se recusou a soltá-la.

"Você gosta disso, *huh?*" ele fez uma careta maliciosa, que enviou calafrios e excitação pelo corpo dela.

"Pare com *isso,*" ela exigiu baixinho.

"Você está tão *dura,*" ele disse, por cima dos gemidos suaves. E ele beliscou os mamilos enormes, acariciando os seios, beliscando-os com uma força cortante através do tecido.

"Tão *dura,*" ele insistiu, alimentando-se das ameixas rosadas, arredondados de maneira tão completa eram seus seios, mais pontudos e inchados com sua carícia. E ele estendeu a mão para a saia, e através da calcinha encharcada, seu pequeno segredo foi revelado.

"E *molhada!* Merda, você está pronta para *foder!*" Ele sussurrou: *"Eu sabia que você estava no cio!"*

E ele enfiou um dedo na sua calcinha enquanto ela lutava em seus braços. Ele levantou a parte de trás da saia enquanto pressionava as duas mãos contra as nádegas dela, pressionando-a contra sua virilha.

"Pare com isso!" ela gritou e ofegou de maneira audível ao mesmo tempo, mas mal lutou com ele.

O sentimento a dominou e fez dele sua vítima. Ela o sentiu puxar a calcinha e ele finalmente a rasgou da sua cintura. A calcinha estava encharcada e ela *sabia* disso, porque ele a levou ao rosto e cheirou seu troféu com alegria enquanto a segurava.

Ela tentou se afastar dele, mas suas tentativas foram inúteis, ainda mais quando ela se recusou a lutar contra ele. Ela sabia que ninguém iria ouvi-los no último andar do estacionamento. Eles estavam sozinhos, sob as estrelas, dentro daquele pequeno elevador, que ele estendeu a mão e parou. Ele podia fazer isso. Ele era a *segurança* e quem se importaria e se incomodaria...ninguém estava aqui durante horas tão tardias como essas. Seu parceiro sabia que não deveria incomodá-lo quando ele estava fazendo as rondas, especialmente entre meia-noite e meia e uma da madrugada. Essa era a hora que ela saía do estacionamento. Eles tinham seus códigos, ela pensou. Isso não foi diferente.

Ela podia sentir o volume em suas calças crescendo à medida que ele se pressionava nela. Ela jogou a cabeça para trás, sem medo. Ele beijou seu pescoço com avidez. Mergulhando o rosto na sua blusa, mas sem conseguir desabotoá-la, ele mordeu seus seios, sugando-os como um animal faminto.

Imediatamente ele a empurrou contra a parede do elevador, segurando-a com o corpo. Seus seios pularam tão livres quanto dois balões cor de rosa gêmeos e exagerados quando ele abriu sua blusa.

"Você tem *seios lindos!*" Ele grunhiu, sorrindo enquanto agarrava os seios grandes e pesava-os com as mãos, acariciando-os enquanto levava a boca até eles.

Ela tentou lutar contra ele, mas ele imediatamente puxou seu braço acima da cabeça, segurou-a e começou a beijar seus seios, sugando os mesmos mamilos rosados que inicialmente traíram os desejos terríveis dele, dominando-a e que tinham-no convidado permanentemente

"Pare com *isso,*" ela mal sussurrou em um suspiro, gemendo ávida.

"Mas você *não* quer que isso pare," ele insistiu, chupando seus seios, observando-a com um sorriso enquanto ela fazia tentativas sem sentido para escapar dele. Ele a ouviu ofegar e gemer delirante.

"Isso *é* o que você quer," ele apenas declarou enquanto a impedia de lutar consigo mesma, mas dificilmente ela oferecia resistência.

Então ele se abaixou e levantou a saia novamente, observando enquanto ela fechava os olhos e balançava a cabeça desgrenhada para ele. Sorrindo, ele abriu suas pernas maravilhosamente bronzeadas e tocou sua boca aberta rosa e cintilante.

Abrindo o zíper da calça, ele procurou pelo pênis e finalmente puxou-o para fora.

"Oh, sim. É isso que você quer. É isso que essa boquinha quer."

E, de repente, do nada, surgiu outro nome, que também quase tinha sido esquecido. "Não, essa é Jessica, sou *Jessica*," ela sussurrou para o ar estagnado no elevador.

Jessica estava lutando na frente dele enquanto ele a segurava e a outra mão no pênis estendeu o mastro mais perto do seu triângulo. Seus seios balançavam e dançavam na frente dele e ele beijou-os e mordeu-os enquanto colocava a ponta do pênis forte em sua abertura.

Ela sentiu a pele fria do pênis entrando alegremente nela. Foi então que ela abriu os olhos, olhando com firmeza para as portas do elevador como se para forçá-las a se abrirem e viu de maneira nítida seu reflexo e o pau enorme de George escorregando de maneira suculenta para dentro dela. Como um golpe de brilho metálico na porta, lembrando-a do seu único bilhete possível para sair dessa bagunça.

Talvez a vergonha tenha feito os desejos estranhos recuarem mais uma vez, ela não sabia.

George chupava seus seios de maneira contínua, no momento em que a penetrou e foi quando ela lutou com coragem contra seu controle e empurrou-o para longe.

Ele caiu de bunda, com as calças caídas nos tornozelos e o pau na mão.

Ele olhou fixamente para ela, segurando o pênis e quando a porta do elevador se abriu, ela saiu correndo, abotoando a blusa, só para dar uma última olhada em George, rastejando no chão, com grande dignidade ou talvez apenas tentando detê-la de maneira perceptível.

Ela correu para o estacionamento escuro e, embora sentisse vergonha, não estava chorando. Ela estava muito, *muito* além de excitada. Corando, ela abotoou a blusa, percebendo que George estava com sua calcinha, mas não voltaria para pegá-la. Não depois *disso*!

Ela caminhou rapidamente para o carro, a saia balançando logo abaixo dos quadris curvilíneos e só se virou quando ouviu o elevador novamente. E de imediato algo dentro dela não parava de pensar nos sentimentos que a dominavam, *deixando-*a selvagem de excitação e paixão.

2

CEDENDO AO PRAZER

Ela quase sentiu vontade de voltar correndo e transar com ele dentro daquele elevador. *Trepar com ele!* E algo dentro dela estava com fome, pois não poderia ser silenciado, não importa o quanto ela pensasse sobre isso. Dia e noite, repetidamente, isso estava presente em sua mente. Era um desejo que ela não podia matar, ela percebeu. Era, bem, algo do tipo *imortal* ou algo assim. E ela não entendia, mas *queria* entender?

E ela parou perto do carro, encarando sem entender o elevador, esperando ver o rosto dele aparecer na entrada e correndo para ela. Ela sabia que ele a estupraria se tivesse permitido, mas teria sido estupro quando ela tinha desejado *tanto*?

Suas pernas estavam tremendo e seu coração estava acelerado. Ela se atreveria a fazer isso? Ela transaria com um completo estranho? Ele era *realmente* um estranho? Agora ela estava dando desculpas.

Ela se sentia dolorida, as pernas e os lábios tremendo assim como podia sentir seu sexo tremer sob a saia plissada que ela era obrigada a usar como um uniforme.

Seu sexo estava encharcado e os pelos umedecidos da sua boca rosada compunham um arbusto de cachos molhados e pegajosos esfregando em suas coxas. Os fluidos estavam fluindo em doces correntes de êxtase pelas suas pernas de Barbie e ela caiu no capô do carro só para se recuperar.

Ela balançou a cabeça e tentou afastar os sentimentos consumindo profundamente dentro e fora da sua alma. Mas seja qual fosse a porta que ela tivesse aberto...*isso* permaneceu assim.

E foi o que veio a seguir que a assustou para um estado mental mais alerta.

As portas do elevador se abriram mais uma vez e através delas uma figura correu em sua direção. Ela começou a tremer. Era George, ela se perguntou e se fosse... o que ela faria? Ela não sabia dizer com clareza quem era, mas apressou-se para abrir a porta do carro imediatamente, esperando escapar antes que ele chegasse, visse e a conquistasse ou *quase,* mais uma vez.

Mas ela não conseguiu se mover e foram os sentimentos que a dominaram de novo que a congelaram. Ela caiu no carro, fracassando em abri-lo e começou a desabotoar alguns botões da blusa. Ela se desesperou, lutando contra isso, só pelo bem de outra pessoa... seu marido morto..., mas não lhe permitiria e uma enxurrada de fluidos sexuais lavou sua boca rosa.

Seus mamilos endureceram em pedra, em toda sua majestade volátil e ela acariciou os próprios seios, sentindo seu volume e exalando em uma agonia feliz.

Ela deitou o corpo no carro e fechou os olhos. Não demorou muito para que ela ouvisse passos se aproximando mais. Então, de repente, ela sentiu lábios beijando seu pescoço, os mesmos lábios que a beijaram naquele elevador. Os lábios de George. Era tudo isso apenas uma *piada* obscena?

Ele sussurrou em seu ouvido. No começo, ele não disse

nada. Ela sabia o que ele queria. E antes que ela percebesse o que estava acontecendo, ele havia aberto sua blusa de novo e liberado seus seios para dançarem descontrolados como velas redondas reluzentes em sua descida. No entanto, ela não se mexeu.

Relaxe, ela jurou que o ouviu dizer, mas era sua própria voz que ela estava ouvindo?

E ela manteve os olhos fechados, sentindo a boca de George chupar seus seios e à força e de maneira rápida puxar a saia curta para cima. Ela não se moveu uma vez, apenas ofegou e gemeu quando ele a agarrou, abrindo suas pernas e começou a acariciar a boceta molhada. Ele a abraçou com força, assegurando que não a deixaria escapar da sua pegada, não desta vez.

Ela o ouviu abrir as calças mais uma vez; pareceu levar uma eternidade, mas foi então que ela sentiu o pênis dele penetrar em sua boca rosada. Ele estava transando com ela. Atiçando-a à força como se ela fosse uma fornalha de ferro em brasa, acariciando-a enquanto ele agarrava ambas as nádegas pelo simples ato de alavancagem, para mantê-la no lugar.

"Viu, está tudo bem. *Não* está? Não é tão ruim. Ah, sim, *sim* ... você não transa há *muito* tempo. Esse é o problema. Você está um pouco *tímida*." Ele bufou como um sapo excitado e ela pensou que certamente ele gozaria, mas ele continuou se movendo, esfregando, grunhindo e ofegando, o tempo todo bombeando e batendo com o pau ereto dentro dela, cada vez mais duro.

Ele estava batendo dentro e fora dela, masturbando-se, afogando o ganso e ele a levantou, usando o carro para segurá-la e começou a chupar seus seios ao mesmo tempo.

Ele mordeu os mamilos e ela ofegou e murmurou de prazer. Mas ela não abriu os olhos, pois se recusava nítida e simplesmente a fazê-lo. Para cima e para baixo, para dentro e para fora.

"Você não transa há muito tempo. Eu posso *entender*," ele murmurou, lambendo como um homem sedento os mamilos duros, nunca parando de transar com ela.

"Posso entender *isso*", ele disse de novo, ofegando excitado. Ele mordeu o mamilo e segurou-o. Ela choramingou como uma criança conscientemente perdida, enquanto ele batia nela para sempre com seu pau.

"Sim, sei que *todas* gostam assim. *Sei* que todas gostam. Abra os olhos, não tenha medo. Olhe para mim. Olhe para mim fodendo você. Vamos. Não tenha medo." Ele a instruiu com essas palavras gentis, estranhas e nauseantemente falsas, golpe após golpe, sem nunca ter qualquer intenção de parar.

"Vamos *lá*." E ele a penetrou, um pouco mais fundo, finalmente alcançando seu lugar especial, de modo que ela queria gritar, mas mordeu os lábios em vez disso.

Ele riu, bufando e chupando os seios até ficarem esfolados.

"Não tenha medo", ele sussurrou e justo quando ela gozou, só um pouquinho, ela o encarou, entendendo-o e ele bateu nela e estremeceu suas raízes mais uma vez.

Ela se virou quando ele caiu de maneira desagradável, abaixando o rosto em seu pescoço. Ela podia sentir a respiração dele na pele, quando ele ofegou de repente e acelerou seus golpes e em seguida esvaziou dentro dela, enquanto chupava seu pescoço. Ela franziu a testa quando ele fez isso, pressionando-se mais perto dela enquanto ela sentia os fluidos do seu pau derramarem dentro e fora de seu sexo.

Ele ofegou, ainda chupando seu pescoço e apertando seus seios com mãos grandes, viris, peludas e, no entanto, dolorosamente macias.

"Vê, não foi *tão* ruim," ele disse de novo, empurrando com firmeza para dentro dela e em seguida puxando o pênis para fora do seu sexo. "Sua boceta ainda está *molhada?*" ele disse e tocou seu sexo. Ela se afastou dele, tremendo como um vulcão enquanto ele puxava as calças para cima.

Ele a examinava enquanto ela tremia, tentando organizar as roupas. Justo quando ela colocou a saia de volta no lugar, ele se aproximou dela, agarrando seus seios nus e começou a apertá-los de maneira cruel em uma pegada como um torno de bancada. Lambendo os mamilos, ele viu quando ela gemeu e tremeu. Ele acariciou-os mais uma vez e estendeu a mão para acariciar sua boceta molhada.

"Você *ainda* está molhada!" Ele ofegou está última notícia com prazer.

Mas então ele olhou o relógio e espiou desapontado o estacionamento vazio. *Se ao menos nós tivéssemos mais tempo,* ele pensou. Ignorando as horas, ele transou com ela só mais uma vez. Ele mostrou a ela como ele poderia fazê-la se sentir realmente bem. Ela ainda não tinha visto nada. E ele deu um sorriso abrupto, pensando no que poderia fazer com uma garota como ela. Ele poderia ensinar muita coisa para ela.

Ele *não* teria misericórdia a respeito das maravilhas que mostraria a ela e das coisas que definitivamente poderia fazer com ela. Especialmente, se ela o denunciasse.

"Lembre-se, não fiz *nada* com você. Você queria que eu transasse com você. Então não diga nada. Está me *ouvindo?*"

Jessica mal assentiu enquanto ele segurava seus seios, acariciando os mamilos, sem realmente querer que os soltasse.

Ele tocou sua boca rosa novamente, passando um dedo dentro dela. Estava quente e inundado com fluidos sexualmente sedutores. Ele enfiou o polegar dentro dela e ela se mexeu desconfortável quando ele o empurrou para dentro e observou-o sorrir de orelha a orelha.

Ele apertou os seios e então, quando passava os dedos nela, ele a soltou e começou a abotoar sua blusa. Ele recuou quando ela se apressou para a abrir a porta do carro

Ele parou, apenas a uma distância longa e deliberadamente simbólica dela enquanto a observava procurar as chaves e deslocar-se de lado para dentro do carro.

"Mesma hora *amanhã?* Vou estar aqui. Esperando por essa linda bucetinha. *Não* se atrase. *Ou irei procurar por você!*" E ele lambeu os dedos, absorvendo seu cheiro profano.

Ela observou-o se afastar em direção ao elevador e ele virou-se e sorriu para ela uma vez. Foi somente quando estava sentada sozinha dentro do carro que percebeu o que essa nova realidade implicava.

3

O DESPERTAR DOS DESEJOS SEXUAIS

Ela viu o rosto de George desaparecer quando as portas do elevador se fecharam. Ela não sabia se tinha sido um sonho ou se o que sentiu havia acontecido. Ela estendeu a mão e tocou o sexo dolorido e os pelos cacheados e pegajosos entre as pernas. Ela estava encharcada como um coelho em um aguaceiro frio, mas não foram seus fluidos sexuais que sentiu sair em seus dedos, mas um creme leitoso branco, como glacê, que certamente não poderia ser dela. Ela tinha desmaiado? E então uma voz veio até ela, dizendo, *Paz, amor, liberdade, felicidade. Esqueça tudo, ele apenas quer transar com você.*

Bem. Não somente sua área púbica estava dolorida, mas seus seios também estavam molhados e esfolados. Ela abotoou os botões restantes da blusa e saiu do carro, tentando lembrar dos eventos que permitiu que a dominassem.

O que ela tinha *feito*? Por quê? E qual era o objetivo? Um vazio dentro dela parecia aliviado e vivo, mas ao mesmo tempo, a parte dela que tinha que ser sã e racional agora estava sentindo a maior culpa e vergonha. O que a assombrava finalmente estava brilhando dentro dela. *Isso* ficou satisfeito com o que ela certamente era, até que enfim, nada além de uma vítima do sexo feminino, embora duvidasse que *isso* permanecesse satisfeito ou em algum lugar ao alcance da paz. O que *mais isso* queria?

Transar novamente. Ela se ouviu assobiar isto em voz alta. Realmente tinha sido ela ou sua consciência sexual e física recentemente aguçada?

Então, nesse momento, ela ouviu a porta do elevador abrir novamente. Ela olhou para trás. Uma parte dela esperava que fosse George. A parte que acreditava em um Deus masculino e a tortura pura e sem adulteração de Suas vítimas femininas. E ainda outra parte que mal temia que ele voltasse para violá-la com sua ferramenta afiada, mais uma vez, pois ele dissera *amanhã* e *adeus*. Agora que estava acordada, ela estava finalmente presa. Não havia para onde fugir e sabia que era isso que ela merecia.

Ela queria isso como ele havia declarado? Ela *queria*? Ela tinha lutado, não *tinha*?

Os sentimentos estranhos ressurgiram dentro dela, mesmo antes que ela pensasse que os tinha sob controle. Ou sentisse que tinham sido satisfeitos. Ela podia imaginar, vendo as coisas como quadros coloridos emoldurados repetidamente em sua mente; o que ela diria e o que ela faria. Estava repreendendo-a, fazendo-a agir de uma certa maneira. E então ela pensou, tão claro quanto podia ver o rosto dele, aquelas bochechas pálidas e aquela grande mandíbula masculina. Era isso, ela sentiu e tremeu de leve.

Seus lábios carnudos se abriram e ela podia vê-lo sorrindo para ela, enquanto caminhava até o carro com ansiedade. Mas não era George. Suspirando, ela ficou aliviada e decepcionada ao mesmo tempo.

Ela estava mais do que pronta para ser persuadida, pois o néctar entre suas pernas estava grudado ao seu triângulo rosa, encharcando sua área pubiana. Ele *não era* grande coisa para se olhar, ela pensou, quando ele entrou de maneira discreta em sua linha de visão. Mas lá estava ele e ele estava à sua mercê.

Ela olhou para seu corpo grande, a cintura passando por cima do cinto e as mãos, ela notou, eram maiores do que as de George, como nenhuma mão que ela já vira antes em um homem. Ela só conseguia visualizar seu pênis obscenamente enorme. Poderia ser *a mesma coisa*, ela pensou com um sorriso diabólico. Não importa o que fizesse agora, ela não conseguiria mais se conter.

Seu coração começou a bater forte e ela cheirava a sexo, intoxicando o ar como um perfume vitorioso, profundo demais para ignorá-lo.

Ele veio até ela, ainda sorrindo, a boca grande que ela podia ver devorando sua boceta molhada. Só esse pensamento fez seu sexo palpitar e ela sabia que enlouqueceria. O que estava *acontecendo* com ela, ela se perguntou novamente. Algo se apoderou da sua alma e ela não conseguia mais controlá-la.

❧

A língua grande lambeu a boca grossa, mas tudo que ela podia imaginar eram os lábios dele chupando seu sexo. Mas ela não era assim. Não era assim com ela. *Ela era muito melhor. Ela era uma viúva de marido vivo e não era essa outra mulher!*

Essa não era ela, mas por muitas noites ela *havia* se recusado a sair de casa. A ideia de namorar outra pessoa era ... muito difícil para ela. E sobre a próxima vida? E sobre a morte?

Ela sabia que, se algum dia saísse com alguém, seria por todas as razões erradas. E agora uma parte diferente dela estava controlando seus sentimentos e seu corpo. Pulsando por um período de tempo, isso a tinha enfraquecido e ela não podia mais ter certeza do que isso queria que ela fizesse. De alguma forma, isso lhe deu forças o suficiente para justificar a dor virginal entre as pernas.

Ele estava na frente dela agora e não poderia mais ser ignorado. Ele parecia uma pessoa diferente. Ela sabia que ele a desejava desde a primeira vez que se encontraram, até George. *Ele não era um demônio sexual.* Embora tivesse seus desejos, ele estava mais desinformado sobre eles. E embora ele não fosse muito atraente, o latejar entre suas pernas mudou sua baixa opinião sobre ele e tudo que ela queria era a satisfação profundamente pessoal que lhe fora negada por muito tempo.

Alfred, pois esse era o nome dele, sorriu quando ela abriu a porta do carro e jogou suas coisas no banco de trás. Ela o cumprimentou quando ele se aproximou e entregou-lhe uma caixa de refeição para viagem.

"Aqui, você esqueceu isso. George me disse que você ainda estava aqui. Estou feliz por ter te alcançado!"

Como a minha vida é infinitamente estranha, ela pensou e corou.

Ela não conseguia parar de olhar para ele e uma vez até olhou para sua virilha antes de lutar contra o desejo de desviar o olhar. Claro, ela havia se perguntado sobre seu tamanho natural e absoluto. Até imaginou seu pênis dentro dela, talvez apenas uma vez. Então ela mordeu o lábio inferior, engolindo o desejo sofrido de roçar nele.

Alfred pareceu não ter notado e deu todas as desculpas para mantê-la falando. Ele gostava disso, de falar com ela. Era uma das suas coisas favoritas para fazer. Desde que se conheceram, ele sempre *teve* algo por ela, Jessica pensou.

Ela percebeu isso e no começo foi algo que ela tentou evitar. Por algum motivo, não parecia incomodá-la agora. Algo nela estava surgindo como uma sensação inchada de bondade ou tinha surgido e estava apenas ficando mais forte.

E ela se sentiu culpada. Culpada por pensar, por fantasia

sobre ele em posições sexuais. Sentimentos sensuais se agitaram dentro dela e despertaram *isso* e *isso* estava vivo agora, esperando dentro dela, pronto para se deixar levar pelo prazer.

Ela havia pensado sobre *isso* muitas noites sozinha na cama e acordara com o mero desejo de agir sobre esses sentimentos. A solidão havia despertado uma nova parte dela que ela nunca conheceu. E, no entanto, ela duvidava que não soubesse *disso*. Pois, certamente, ela poderia escrever sobre isso, então ela tinha de saber. Ela havia sido erótica em outra vida. Ela já tinha sido uma estrela pornô, uma putinha sentada e chupando pau e entrando e saindo de fantasia após fantasia deliciosa e delicada. E agora ela negava isso, mas não seria evitado. *Isso* estava fora da sua caixa, exigindo-*o* mais uma vez.

Ela não estava negando. Mas tentando lembrar e fantasiar sobre a aventura e como seria. Sim, era o que ela fazia. E ela queria começar de novo, mas não sabia como exatamente. Era algo que estava dentro dela, escondendo-se, mas ela estava controlando-o de sair e assumir o controle.

E ela pensava sobre isso com cuidado, dentro do quarto, deitada sozinha com a TV ligada e o cachorro deitado no canto da cama, dormindo. A única coisa viva por dentro, que a impedia de se sentir completamente sozinha, era sexo.

Ela pensou em como isso aconteceria. No começo, era um conto, uma fantasia desenvolvendo-se como sonhos pornográficos secretos e travessos de sua criação. Desenrolando, desenvolvendo e mudando todas as vezes, criando a sensualidade extrema do prazer sexual. No final da fantasia, ela estava sempre tão sexualmente excitada que não conseguia dormir...

"Tem algum plano para o fim de semana?" Alfred perguntou, interrompendo brevemente seu devaneio.

Seu grande rosto feio, inutilmente mais flácido que a maioria dos homens, era gordo e redondo. Ele era *muito* mais alto que ela, com um corpo grande e uma barriga mais do que pendurada sobre a cintura. Ele era corpulento, com braços e pernas enormes e peludos e uma barriga para combinar com sua largura.

Ela não respondeu imediatamente, olhando para ele de seu lugar perto do carro. Sua altura monstruosa a dominou e ela encontrou o latejar entre suas pernas crescendo de maneira diabólica enquanto olhava para as mãos grandes e gordas, os dedos escuros. Ela estava pensando no que gostaria que aqueles dedos gordos fizessem com ela.

Ela quase podia senti-los dentro dela, empurrando bruscamente para cima, profundamente dentro dela, o néctar molhado se espalhando e lavando suas pernas. Era tão *bom*, tão gratificante finalmente sentir as mãos de outra pessoa dentro dela, em vez de somente as suas. Sentir uma mão grande e carnuda ou um dedo gordo subir pela sua coxa e entrar no seu sexo.

Seus lábios grossos se abriram em um sorriso. Por acaso ele já a imaginou em seus braços, o pênis entre as pernas dela, enquanto ela tremia embaixo dele? Ele teria desejado que fosse, se alguma vez tivesse sido oferecido a ele? Ela pensou sobre isso mais uma vez enquanto sorria de volta.

Claro que ele desejaria! O que mais um sujeito solitário e feio como ele tem para desejar à noite? Com quem ele fantasia quando está na cama com aquele pau entre as pernas, duro como uma pedra, pulsando nos seus shorts, molhando o tecido de suas roupas? Ele anseia por um rosto bonito, aquela garota perfeita em seu trabalho, aquela cujos seios são incríveis, cujo corpo ele imagina nu sempre que pode.

A garota que faz sua boca salivar, a garota que deixa seu pau duro e molhado. Sim e é assim que ele gosta, duro e molhado, levantando a saia dela. As mãos gordas batendo-o com força para dentro dela e ele está lá na cozinha, porque trabalha em um restaurante, mas está sozinho com a garota, sem ninguém para vê-los. Somente ele e a garota. Com as longas pernas pálidas, a bela bunda redonda e os seios firmes e fartos. Aqueles seios apertáveis, com aquela camisa branca sedosa derretendo sobre eles como creme e os botões brancos perolados que ele deseja soltar. Ele poderia chupar aqueles peitos, devorá-los como melão e poderia transar com ela.

É o que ele pensa? Com o que ele está sonhando, deitado na cama sozinho, completamente sozinho? Claro que é, ela pensou.

A maneira como ele olhou para ela, o que mais ele poderia estar pensando? Se ao menos ela pudesse ler sua mente. Ela apostaria que é isso que encontraria, o que passava em sua cabeça. Ela estaria inclinada em cima dele, ele estaria transando com ela com aquele seu pênis grande. Transando com ela na cozinha, porque é onde ele trabalhava e estava pensando nela. Sonhando acordado enquanto limpava uma mesa, enquanto conduzia o carro bandeja até o décimo-segundo andar e deixava seu pedido. Ela passaria e ele estaria pensando nisso, mesmo agora.

"Talvez..." ele se obrigou a dizer, baixinho.

"O quê?" ele perguntou de novo, afastando aqueles cachos grossos, pretos e ásperos com aquelas mãos grandes. "Como está seu fim de semana?"

"Ainda não tenho certeza. Não estive em um encontro. Queria ver como é," ela disse desviando o olhar. "Não tenho um encontro há...anos."

Esta não era a primeira vez que ela falava assim com ele. Ela se viu se questionando por que sequer tinha começado. Ela estava tentando insinuar para ele o que queria? Se estava, ele não estava entendendo.

Ele riu de maneira tempestuosa com o que ela disse.

"*Serei* seu primeiro encontro," ele murmurou, tão baixinho que ela mal o ouviu. Ele era tímido, ela sabia disso e ele nunca lhe diria nada sobre seus desejos. Ela também sabia disso. Mas por acaso ela tinha duvidado dele, ela se perguntou de repente.

Talvez ele achasse que ela muita areia para o seu caminhão. Mas os anos sozinha a deixaram fraca e seus padrões estavam mudando. Sem mencionar sua nova consciência mais selvagem que estava cutucando-a para intimá-lo, para transar com ele. Mas ela não estava procurando por companhia. Ela precisava de contato sexual, mais do que qualquer outra coisa.

"Bem, te vejo mais tarde."

Ele moveu-se para ir embora, mas quando se virou, ela estendeu o braço e agarrou sua mão grande. Ele pareceu encolher-se um pouco ao toque dela. Ele não tinha esperado por isso e ela conseguiu ver isso nos olhos dele quando ele olhou para trás.

Seus lábios pareceram se entreabrir ao toque dela. Ela sentiu que ele tremia quando pegou suas mãos grandes e puxou-as mais para perto. Parecia que ele estava prestes a dizer alguma coisa, mas então sua boca ficou seca e ela observou-o ficar de queixo caído quando colocou a mão dele em seu seio. Imediatamente ela sentiu o líquido em seu sexo lavá-la, levando com ele todas suas inibições.

Ele ofegou momentaneamente, mas não resistiu. O que ela estava fazendo aqui mesmo? Ela estava em pé, mas não tinha mais certeza de nada. Em vez disso, ela se soltou. Assumir o controle não impediria que *isso* a devorasse por dentro.

Alfred tropeçou para frente e sem hesitação colocou a outra mão no outro seio, olhando para ele e depois para ela, como se ela fosse impedi-lo. Quando ela não fez nada além de pressionar a mão dele mais perto, ele não parou. Ele nem parecia saber o que fazer. Ele estava apertando seus seios sem nenhuma direção, desejando o que mais ele queria fazer com ela, mas não tinha coragem de se mexer e fazê-lo.

Em vez disso, ele acariciou seus seios, avançando apressado mais uma vez, quase caindo em cima dela. Ele deixou o rosto cair em seus seios enquanto a respiração se tornava pesada. Ela empurrou nele, colocando a mão sobre a bunda pequena. Somente então, dada a indicação, ele se moveu sobre ela, esfregando a virilha nela. No entanto, sempre com aquela sua natureza gentil e tímida. Na verdade, ele se afastaria quando achava que estava sendo muito atrevido. Sua hesitação a fez desejá-lo ainda mais.

E então ela desabotoou a blusa enquanto ele observava como uma criança sendo oferecida vários punhados de balas. Ele queria dizer alguma coisa, mas o músculo entre suas pernas silenciou seus lábios. Em vez disso, ele se viu gaguejando.

Quando a blusa estava com apenas alguns botões abertos, ele colocou a boca em seus seios brancos e redondos e começou a acariciar os mamilos com beijos suaves. Em seguida, ele puxou a blusa suavemente por cima dos ombros dela, sufocando o rosto entre os seios grandes. Ele puxou os melões arredondados para fora de uma vez e ela sentiu aquela boca grande engolindo um seio inteiro, chupando-o com avidez.

Ela caiu contra o carro como tinha feito quando George transou com ela. Só que desta vez, ela abriu os olhos e olhou ao redor do estacionamento escuro e deserto enquanto ele devorava seu peito várias vezes, para garantir que não havia ninguém por perto.

O carro havia sido estacionado com habilidade em um canto. A escuridão e as sombras se tornaram um lugar perfeito para se esconder.

Alfred se esfregava ansioso em Jessica. Ela conduziu as mãos dele até ela, de novo, desta vez para baixo. Ela sentiu que era a única maneira que conseguiria fazê-las embrenharam-se profundamente dentro dela.

Ele aceitou o convite e puxou a saia dela para cima. Mais uma vez, ela o encorajou e ele puxou a saia para cima, o tempo todo chupando seus seios, a respiração grunhindo quando encontrou o corpo nu por baixo. Ele deslizou ansioso a mão para dentro dela, encontrando a umidade convidativa e excitada.

Ela ofegou, sentindo a força do dedo gordo e comprido dentro dela. Fazia muito, muito tempo desde que ela tremeu de maneira tão deliciosa.

Ela pegou a calça dele, abriu o zíper e tateou à procura do pênis. O monstro ereto era maior do que ela pensou enquanto apalpava o pênis com ambas as mãos. Ele não hesitou agora, avançando. Ele trouxe o pênis contra seu sexo molhado e forçou-o ao extremo dentro dela. Ela tremeu, mordendo os lábios. Isso era o que ela queria, isso era o que ela havia desejado sentir dentro de si, mais uma vez. Ele estava movendo os quadris com o pênis lutando para completar sua ascensão dentro dela. *Dói,* ela pensou enquanto trabalhava ofegante sob o corpo enorme. Mas ele não parou e ela não queria que ele parasse. Acariciando para dentro e para fora, cada vez mais profundo dentro dela, toda vez. E ela estava implorando por mais.

Ele estava nela, com a blusa dela completamente aberta, ambos os seios balançaram sob o corpo enorme quando ele se inclinou para frente, prendendo-a entre seu corpo e o carro.

Sua boca estava entreaberta, ofegando e emitindo grunhidos como se o esforço estivesse tirando tudo dele. As rugas no nariz dele se endireitaram e ela ouviu-o gemer. Ela sentiu as nádegas dele enrijecerem sob suas mãos. As calças dele havia deslizado até os tornozelos enquanto ele a mantinha presa pelo seu pênis enorme e seu peso. Ingênua, ela sentou-se nas mãos dele.

Ela podia se ver ali, fazendo sexo no estacionamento. Ela estava pressionada contra o carro, Alfred a segurava enquanto ela sentava-se com as pernas abertas e ao redor dele. A blusa estava enrugada debaixo do peito enorme; os seios grandes e pálidos derramavam da blusa, molhados onde a boca os chupou. Sua bunda descansava nas mãos dele enquanto ele a segurava contra ele, abrindo suas pernas, forçando-se a se aproximar mais, apesar do seu peso e corpo enorme.

As nádegas peludas dele estavam expostas, batendo junto com a barriga que pressionava entre eles. De alguma maneira, o pênis conseguiu encontrar seu alvo, sem que a barriga grande ficasse no caminho. A extensão do seu membro era incrível e sua largura era enorme.

E ela adorou a sensação disso dentro dela. O que ele tinha feito com ela, ela se perguntou. Ele havia aberto uma parte completamente nova dela. Algo estava superando sua hostilidade interior.

Ela teve de morder os lábios, contendo os gritos. O pênis dele era gigantesco e a abertura do seu sexo era um encaixe minúsculo para seu pênis enorme.

Ele grunhiu, os olhos revirando enquanto um hálito fétido escapava dos seus lábios. Mas ela não estava permitindo que ele transasse com ela porque achava que ele era atraente, porque ela o amava ou por causa do cheiro do seu hálito. Na verdade, pensar em tudo isso a deixava doente. Ela estava permitindo que ele transasse com ela porque ela esteve negando isso a si mesma por muito tempo. E o tamanho do pênis dele, embora ela não soubesse na época, era agora seu maior motivo para permitir isso.

Ela precisava disso. Ela precisava de companhia humana há muito tempo. Um pênis bombeando para dentro dela era a única coisa importante. E ele era a pessoa certa, alguém que estava em seus pensamentos, para fazer isso. Ele era o homem perfeito. Sua luxúria era óbvia e ele teria tido dificuldades em rejeitá-la. E ele seria a única pessoa a perder com tudo isso, se não a possuísse. O que ele teria para se vangloriar com seus amigos, se não transasse com ela?

Ela sentiu que ele gozava, movendo-se com mais força do que tinha sentido no começo. Ele a abraçou, encontrou seus seios e engoliu-os enquanto metia nela repetidamente. Ela adorou.

Alfred soltou um suspiro enorme e voraz e lambeu a boca enorme de novo. Ele estava cansado, mas estava pronto para muito mais. Ele olhou com timidez para ela.

"Sobre o que...você está...*pensando?*" ele ofegou, procurando desesperado o fôlego perdido. Ele poderia saber? Seus olhos contavam uma história diferente.

Ela sorriu de maneira tola, de certa maneira muito constrangida para falar. Ele testemunhava sem fôlego seu silêncio.

"Estou pensando no que fazer. Não quero ir para casa."

Ele pareceu hesitar. Ela sabia que ele queria convidá-la para sair com ele. Como ele já tinha feito muitas vezes e ela tinha recusado todas as vezes.

"Bem eu perguntaria se você quer ir à livraria, mas está tarde."

Ela não disse nada. Sua cabeça estava cheia de fantasias.

"Alfred," ela se obrigou a dizer.

Ele olhou para ela, ofegando, alerta e ouvindo ansioso como um enorme brinquedo de pelúcia desamparado. *"Sim?"*

"Queria te perguntar uma coisa." A umidade entre as pernas era evidente demais para ignorar por mais tempo. "Você...me *beijaria?*"

Seu queixo caiu com um pedido tão ridiculamente romântico. Seu pênis ainda estava dentro dela e suor pingava da boca aberta.

"*Beijaria,* se você quisesse," ela ouviu-o enrolar-se para dizer, com problemas óbvios.

As palavras caíram da sua boca, cheias de dificuldades e dúvidas. Eles já haviam passado há muito tempo do ponto sem retorno e era um pouco tarde demais para um pedido tão simples. Talvez ele acreditasse que ela estava brincando com ele. Mas ela nunca tinha dito nada assim antes para ele e ele sabia disso. Era um sonho ou ele acabara de morrer e ir para o céu.

"Sim," finalmente saiu certo. "Se você realmente quiser."

Alfred inclinou-se para a frente para beijá-la. Ela o deteve de repente e empurrou-o para trás.

"Não!" ela retrucou, em um tom de voz extremamente odioso.

"Mas ... pensei que você queria que eu ... a *beijasse?*" Ele ainda ofegou de maneira audível, parecendo frustrado. Ele não conseguia se lembrar de uma época em que esteve mais confuso, ou pior ainda, mais excitado.

"Sim, mas não *dessa* maneira", ela respondeu de maneira brusca.

Considerando sua posição de pernas abertas, de maneira elegante e simples ela descansou as costas na porta aberta do carro, com uma perna apoiada na entrada. A saia curta se espalhava úmida sobre suas pernas, enquanto aquela perna permanecia levantada, expondo a nudez de seu sexo por baixo. Ela não percebeu que tinha perdido a calcinha até sentir o ar frio da noite tocar a boca aberta de sua boceta.

Imediatamente ela se abaixou e acariciou o sexo molhado, até que um líquido quente e pegajoso escorreu por suas pernas, gotejando pelas pontas dos seus dedos. Com um olhar apático, ela largou com cuidado a caixa, que estava segurando quase o tempo todo, no banco dianteiro do carro.

Mas, quando o fez, Alfred já estava de joelhos sob a saia, com o rosto entre as pernas dela. Ela só percebeu isso quando sentiu a língua grande dele correr dentro de seu sexo. As mãos ásperas e enormes a abriram escancarada enquanto ela gritava e ele colocou todo o rosto dentro dela.

Os lábios dele pressionaram contra os dela e de repente

havia muita língua, lambendo e sugando o néctar do seu corpo. Às vezes, ele mordia com delicadeza a carne macia e rosada, até que ela gozou. Ele não parou, mesmo depois que ela chegou ao orgasmo pela terceira vez. E ela teve que final-mente pará-lo. Ele caiu de bunda, olhando para ela, o pênis sob a calça ainda duro e uma área molhada na calça onde ele gozou.

"Deixe-me te beijar *de novo!*" ele implorou e se arrastou até ela. Agarrando sua perna, ele alcançou e enfiou a boca em seu sexo mais uma vez. Ela suspirou, sentindo a língua lambendo e chupando sua coxa e ofegou até gozar mais uma vez.

Finalmente, ela o empurrou e ele sentou no asfalto com um baque. Ele ficou sentado ali olhando feliz para ela, lambendo o néctar dos lábios. Ela notou que a protuberância embaixo da calça agora estava saindo do meio do zíper. Ele estava acariciando o pau repetidamente enquanto a chupava. E até isso a excitou, mas o que chamou sua atenção mais do que qualquer outra coisa foi a enorme largura do órgão, que era do tamanho de uma grande berinjela roxa.

Ele estava se levantando do chão, segurando o pau na mão. Ela caiu sobre ele e quando ele se moveu, ela o deixou enfiar nela. Com um impulso da mão, ele empurrou através de seu sexo. Ela desceu lentamente, notando sua ansiedade. Ela tinha certeza de que ele não transava há muito tempo também.

Ele não deu tempo para ela ser gentil. Em vez disso, ele a puxou pela cintura para baixo sobre seu pau, empalando seu sexo úmido e latejante, de maneira dolorosa e sucinta.

Antes que pudesse detê-lo, ele bateu nela várias vezes; então, segurando-a, ele a virou. Antes que ela percebesse o que estava acontecendo, ele estava em cima dela, o corpo enorme esmagando-a no asfalto frio, enquanto ele ajoelhava sobre ela, com o pau enorme empurrando em seu sexo minús-culo. Ele abriu a blusa dela ao mesmo tempo em que puxava seus seios. Os seios dela saltaram com violência sob o tecido, que se despedaçou sob o corpo enorme dele.

Ele estava muito superexcitado. Respirando com dificuldade, soando como um motor a vapor saindo dos trilhos, ele caiu como uma pedra sobre o corpo frágil e cheio de dor. Suor pingava de seus cachos negros enquanto cada pedaço de gordura batia como lençóis ao vento, com seus impulsos fortalecedores.

Ele levantou as pernas dela para facilitar sua descida, mas a sensação se tornou mais dolorosa cada vez que seu pau grande entrava nela.

Pareceu uma eternidade antes que ele chegasse ao momento de êxtase, mas assim que chegou, mais rápido ele estava em cima dela, batendo o pau ainda mais forte desta vez. Ela estava muito orgulhosa, muita empolgada e em uma agonia demasiada prazerosa para detê-lo.

Ele ergueu o corpo dela como se ela fosse uma boneca de pano e começou a transar com ela contra a lateral do carro. Seu corpo pálido e magro não era páreo para o corpo monstruoso dele e seu pênis igualmente monstruoso. Ela podia senti-lo, deslizando centímetro após centímetro dentro dela, enchendo a pequena boceta dolorosamente, mas ela não queria detê-lo. Sua boca devorava os seios dela, mordendo-os até que os mamilos corassem de vermelho.

Quando gozou novamente, ele parou para respirar. Suando, ela rastejou de maneira árdua por baixo dele e tropeçou dolorosamente até o carro, onde sentou-se e se recompôs.

Seus seios estavam pendurados para fora da blusa, o sexo estava encharcado e as coxas estavam molhadas de esperma.

Alfred veio até ela, ajoelhando-se do lado de fora do carro ao lado dela e rastejou lentamente, colocando a cabeça entre as suas pernas. Ela deixou, acariciando a cabeça desgrenhada dele como uma mãe observadora, observando a excitação em seus olhos enquanto desapareciam debaixo da saia e a boca e língua achavam a boceta molhada e dolorida tão convidativa.

Ela sentiu Alfred novamente, lambendo-a e as mãos dele a abriram, os dedos a exibiram e ela sentiu sua boca inteira devorando-a. Ela sentia-se dolorida por toda parte, mas não conseguiu detê-lo, porque estava muito excitada. Alfred parecia estar se divertindo e ela não tentou detê-lo, mesmo quando ele permaneceu entre suas pernas por mais de trinta minutos.

Ela caiu de costas no banco do carro, os membros espalhados e o rosto dele entre eles. Ela sentiu o sexo brilhando de desejo, molhado e quente de excitação. Alfred lambeu-a completamente, sugando a pele no lado de fora, suada e escorrendo, como se estivesse lambendo uma sobremesa dos cantos da boca.

Ela sentou-se e empurrou-o para longe. Parecia que esta era a única maneira de conseguir que ele parasse, mas mesmo assim ele estava ansioso para agradá-la. Quando ela foi capaz de detê-lo, ele sentou do lado de fora do carro, olhando com hesitação para ela, uma admiração vívida flutuando em seus olhos, os lábios encharcados com seus fluidos sexuais. Segurando o pau na mão, ele esperava enfiá-lo nela, mais uma vez.

Alfred queria mais, ela sabia. E então, sem aviso ou motivo, estava tudo acabado.

❧

Incapaz de compreender, ela observou Alfred se afastando. A imagem parecia tão real ou era tudo um sonho? Ou um pesadelo? Ela estava tão incrivelmente excitada que quase o deixou ir embora. Ela chamou-o, correndo para o lado dele. Alfred percebeu de imediato e parou, encontrando-a no meio do caminho. Ele quase parecia encantado ao vê-la chamando por ele.

"Sim?" Alfred gaguejou de maneira inocente, a boca feia e os lábios enormes bufando e saltando como balões avermelhados prestes a estourar.

"Ei", ela estava pensando. "Você quer ver um filme? Quero dizer, *fazer* alguma coisa?"

Alfred franziu o rosto e, por um minuto, ele achou que ela devia estar falando com outra pessoa. Então ele percebeu que era ele quem estava sendo tão honrado. Alfred sorriu de novo, apenas para se decepcionar ao lembrar do que estava acontecendo e que horas eram.

"Sim, mas já é muito tarde para um cinema."

E ele estava certo. Era, mas ela tinha uma ideia melhor.

"Bem, você vai alugar um. Quero dizer, se quiser, a menos que queira fazer isso amanhã."

Mas de imediato ele aceitou o convite. Ela até perguntou se ele tinha certeza de que era a coisa certa a dizer. Alfred estava sorrindo como um peixe, de orelha a orelha.

"Sua casa?" Alfred perguntou com um sorriso bobo, que tentou guardar para si mesmo.

"Estava pensando mais ... na *sua* casa", ela disse. Os olhos de Alfred arregalaram e ela desejou poder ler os pensamentos dele naquele momento. Ela queria fazer tudo o que estava neles, ao pé da letra.

"Podemos pegar cerveja, pipoca e um filme. Não é tarde demais para um aluguel."

"Você quer?" ela perguntou. Alfred respondeu imediatamente com um 'sim', assentindo como um tolo.

"Está bem, sim, claro!"

"Tem certeza que está tudo bem com você?" ela perguntou de novo.

"Não, está tudo bem. Não tenho que trabalhar amanhã. Posso ficar acordado até tarde e assistir a um filme. Claro!"

Então eles dirigiram até a locadora e alugaram alguns filmes. Jessica não se importava com o que eles assistiriam, desde que transassem antes que a noite terminasse. De alguma forma, a cena inteira estava passando como um sonho nublado, como se estivesse imaginando tudo nisso. Eles já haviam realmente *transado*? Ela nem tinha certeza. De qualquer forma, Alfred alugou uma boa comédia e um filme de terror decente e ela estava bem com isso. Depois de pararem para comprar cerveja, eles voltaram para a casa dele.

Ela estava ao volante, porque ele não dirigia. O metrô era seu único meio de transporte. Não importava para ela; não era como se ela estivesse se casando com o cara ou começando uma vida com ele. Tudo que ela queria era uma vida sexual, não importa como ela a conseguia.

Eles chegaram à casa dele, que ele comprou sozinho. Era uma bela casa, grande demais para uma pessoa, com quatro quartos e um quintal pequeno e bem cuidado.

Alfred tinha vivido nela em silêncio por anos, cuidando de sua própria marca de solidão especial e era livre de aluguel, ele disse.

Ela ficou confortável, colocando a cerveja na geladeira enquanto ele colocava um filme no videocassete. Alfred tinha um lugar simples. Um grande sofá preto e aveludado dominava a sala, que também tinha uma pequena televisão a cores. Cortinas vermelhas grossas decoravam as janelas da sala, fechando por cima delas.

Alfred sentou-se no sofá. Ela sentou-se ao lado dele, a uma certa distância. Ele parecia estar dando a ela algum espaço. Ela podia ver que ele estava nervoso, porque ele não conseguia ficar quieto. Ele levantou ansioso para buscar cervejas para os dois, justo quando o filme estava começando.

Ela não estava prestando muita atenção ao filme quando as longas pré-estreias começaram. Ela não conseguia parar de pensar no que faria. Como dar o primeiro passo, se ele não desse. O filme começou devagar e, embora estivesse um pouco cansada, ela manteve os olhos abertos, fingindo estar se divertindo.

Ela tomou alguns goles de cerveja gelada, mas não queria ficar bêbada. Ela esperava que algo acontecesse antes disso. Ela queria experimentar seu primeiro evento sexual verdadeiro com Alfred *antes* de se embebedar.

O filme não tinha começado há muito tempo quando ela percebeu que Alfred tinha fechado os olhos e estava roncando, deitado no sofá ao lado dela. Ela colocou a cerveja na mesinha ao lado do sofá e olhou com uma espécie de curiosidade para ele de onde estava sentada.

Seus olhos seguiram pelo corpo dele até a cintura e mais para baixo até a virilha. Ela arfou sem controle com o volume embaixo da calça dele. Estava moldado na forma de um braço pequeno e bem arredondado. Uma onda de sentimentos tomou conta dela e ela podia sentir os músculos úmidos e doloridos convulsionarem em agonia. Seus mamilos ficaram eretos e ela os esfregou, deixando um suspiro afogar-se do fundo de sua garganta. Ela aproximou mais perto... mais perto ... ela *ousaria*?

Mas ela não conseguiu se conter. Ela tentou parar apenas uma vez antes de se inclinar mais para perto, movendo o corpo sobre o dele até ficar a centímetros dele. Alfred estava dormindo profundamente e não conseguiu sentir seus movimentos. As pernas dele estavam abertas, o pênis moldando o interior do tecido ... *a apenas um zíper de distância*, ela pensou. Será que ela tentaria? Mas como ela não podia, bem, dar uma espiada? Surpreendendo-a, Alfred se moveu, apenas para esfregar o pênis e depois retirar a mão.

Jessica ofegou enlouquecida, abaixou a mão e se tocou, sentindo o néctar afogando as pontas dos seus dedos. Como ela não poderia? Ela estava se perguntando. Será que ele protestaria?

Ela estendeu a mão, agarrou o zíper e abriu-o lentamente.

O pênis explodiu por baixo, através da pequena abertura. Quase arrebentou as calças dele, muito antes dela abaixar todo o zíper. Era enorme, mesmo sob o pano da cueca. Jessica ofegou excitada, dobrando com cuidado o tecido da roupa para não acordar Alfred, que ainda roncava. Lentamente ela percebeu que só a cueca segurava o pênis monstruoso no lugar. Pois, depois que ela desdobrou uma parte, o órgão apareceu, empurrando o resto da cueca de volta com sua própria autoridade magnífica.

Jessica observou-o, quase fisicamente possuída pelo seu tamanho e largura. Ela queria tocá-lo, então estendeu a mão com um dedo delicado e sentiu seu calor e suavidade. Ela colocou a mão em torno dele e segurou-o com força, apertando-o e até acariciando momentaneamente a carne.

Alfred não se mexeu. Ela só conseguiu vê-lo franzir o lábio. Sem dúvida, ele sentiu isso, mas será que ele sabia que ela estava tocando seu pênis ou ele estava tendo um de seus sonhos vívidos?

Ela não se importava. Tudo o que ela queria era que ele compartilhasse sua enorme ferramenta com ela.

Me fode. Uma voz profunda estava zombando dela. E enquanto olhava para o pênis, ela não conseguia desviar os olhos dele. O que *queria*? Que tipo de domínio tinha sobre ela? *Devia* ter algum tipo de poder. Ela jurava que era o pênis que estava chamando por ela. Ela estava *louca?*

Me fode ... vamos lá, Baby, me fode. Jessica sentiu seu comprimento com a mão mais uma vez, mas uma mão pequena sozinha não conseguiu segurá-lo e ela ficou deslumbrada com essa percepção. Ela sorriu, de pé sobre Alfred e levantou a saia com imprudência, apenas querendo uma vez que a carne enorme dele beijasse seu sexo. Mas quando ficou na frente das pernas abertas, separando os lábios do seu sexo com os dedos, ela notou como o pênis imediatamente a atingiu, sem se aproximar. Ele tocou seu sexo molhado e ela se esfregou com cuidado no órgão, empurrando sem medo contra ele.

Ela gemeu, querendo descer silenciosamente sobre ele, mas por algum motivo se conteve.

Faça isso, uma voz sussurrou.

Não posso, ela quase cuspiu de volta, mas quanto mais ela esfregava seu sexo nele, mais ela o queria dentro de si. E logo, ela se abaixou, empurrando com mais força até sentir que ele avançava dentro dela, apenas para se levantar de novo. Cada vez, apenas um pouco, o suficiente para sentir a sucção e estimulação, antes de se afastar. Mas, infelizmente, só a levou à loucura quando fez isso.

Jessica sentou no colo de Alfred, esticando com cuidado as pernas ao redor dele e abriu seu triângulo úmido. Sua boca rosa esfregou a parte de trás do pênis de Alfred, encharcando-a com seus fluidos e ela o provocou, tentando escalá-lo, mas nunca se abaixando por completo. Mas parecia que o pênis estava vivo e atravessava seu sexo com um beijo próprio cada vez que o fazia.

Com isso, tornou-se demais para resistir. Jessica quase se jogou sobre ele, esquecendo seu tamanho e não percebendo que seus movimentos também despertariam Alfred.

O pênis a abriu quando a penetrou e ela sentiu o néctar derramando do seu sexo. Ela gemeu, dando um pequeno grito.

Os olhos de Alfred se abriram quando a encontrou empalada em seu pau ereto. Talvez ele tivesse acordado por confusão ou excitação, ou talvez fosse um simples instinto masculino. Seja qual fosse o caso, ele agarrou a cintura dela e ajudou a ascensão do pau para dentro dela. Ele gemeu de maneira infantil, acariciando loucamente dentro dela, ejaculando com um grito próprio.

"Quero *fazer sexo* com você, Alfred", Jessica ofegou, sentindo sua masculinidade dentro da boceta dolorida.

"Quero *transar* com você", disse ela, novamente, montando nele. Ela agarrou os cachos dos seus cabelos pretos e colocou o rosto dele em seu peito. Ele beijou os seios fartos através do tecido da blusa, mordendo-a até que ela estivesse implorando por mais.

"Sim", Alfred respondeu, sem fôlego, deslumbrado. Ele a segurou firme com ambas as mãos, pressionando as nádegas macias contra o pênis ereto.

"Espero que você entenda. Espero que você não pense menos de mim. Só preciso me sentir viva. Preciso *sentir* ... " e ela gritou enquanto Alfred a levava a um longo momento de êxtase.

"Sim! Sim ... oh ... sim, *não pare!"* ela sibilou ofegante. Ela gemeu, choramingando enquanto sentia o corpo inteiro tremer e caiu de maneira desajeitada sobre a sua forma inerte, ouvindo as batidas do coração dele se fundindo com as dela.

&a.

Jessica piscou os olhos, dando um suspiro de doce alívio enquanto tomava outro gole da sua cerveja. Mas ela não conseguia parar de pensar no que finalmente diria a ele. Como você diz a um homem que quer apenas fazer sexo com ele, sem fazê-lo pensar que você é louca ou uma vadia?

Era loucura querer sentir o toque de um homem? Precisar vorazmente de um encontro sexual com alguém que você confia, alguém tímido e doce e muito gordo e feio para importar, como Alfred? Não era como se ela estivesse *transando* só por transar. Essa era uma liberdade que ela nunca havia experimentado antes. Um tempo de autossatisfação e de exploração rápida. Tudo que ela queria era a capacidade de ter relações sexuais casuais, implacavelmente carnais, sem qualquer compromisso.

Ela não podia ser a garota reclusa que já fora, não mais. A

morte do seu marido tinha finalmente libertado todos os seus demônios internos reprimidos e forças ocultas. Levou muito tempo para chegar até aqui e seria necessário uma determinação exagerada para ir mais longe.

Se ela fosse estar com outro, devia ser apenas para satisfazer suas necessidades e somente as suas necessidades. Ela estava sendo egoísta ao fazer isto? Ela não pensava assim. Pois os homens que ela conhecia sempre cuidaram de seus próprios interesses, antes dos interesses das suas mulheres. Homens como George, embora talvez Alfred fosse, bem, diferente. E se ela também era uma vadia fazendo isso, então que assim seja. Embora ela odiasse a simples ideia de ser considerada uma. Todavia, ela sabia que não devia.

Jessica se aproximou do corpo pesado de Alfred e, de repente, ela percebeu a cerveja na sua mão. *Esta é a coisa cara,* ela pensou. Alfred parecia ter muito bom gosto. Ela podia ver que ele estava suando copiosamente. O suor saía dele em lençóis, embora a sala estivesse com uma temperatura confortável. Ela sentou-se ao lado dele.

"Alfred", ela obrigou-se a dizer, enquanto eles estavam sentados ali. O filme estava sendo exibido e ela sabia que nenhum dos dois estavam prestando muita atenção nele.

Ela hesitou, tentando encontrar as palavras certas, mas finalmente desistiu. "Você não se importa se eu me sentar no chão?" ela perguntou.

E ela pulou para o tapete como uma bola assim que ele respondeu. Ela podia sentir seu coração palpitar junto com o ritmo de seu sexo.

"Minhas costas estão doendo. Vou apenas deitar de bruços, se você não se importar."

"Sim, claro", disse Alfred de maneira educada, ignorando o filme. Ele estava muito fascinado pela sua presença e beleza física para se importar com qualquer outra coisa.

Ela poderia pensar em várias maneiras de conseguir que

ele respondesse ao seu convite para sexo sem que ela mesma tivesse de fazer isso, mas será que ele morderia a isca? Provavelmente, e ela sorriu com astúcia para si mesma, sentindo a umidade aumentar.

"Alfred", ela obrigou-se a dizer novamente e olhou para trás. Os olhos de Alfred piscaram alertas e ela sabia que tinha a atenção dele.

"Sim?"

"Você poderia me fazer um pequeno favor?"

"Claro, qualquer coisa para você!" Esta acabou sendo uma de suas frases favoritas. Ele sorriu e ela imaginou se ele realmente estava falando sério. Ou se este era seu jeito de flertar com ela.

"Você pode esfregar as minhas costas? Isso realmente dói. Você se importa?" Ela podia sentir o desejo ardente dele sem olhar e ela sentiu-o movendo-se no sofá.

"Não, não importo", Alfred mal pronunciou. Ela o pegou de surpresa com seu pedido. "Ok."

E ele desceu e ajoelhou ao lado dela, colocando as mãos gordas nas costas dela até que ela o deteve novamente.

"Espere", ela insistiu e ele recuou um pouco.

Ao mesmo tempo, ela puxou o cabelo comprido e preto para frente e, desabotoando a blusa, tirou-a com cuidado e colocou a blusa embaixo dos seios. Ela não estava usando sutiã; o fato era que ela não gostava deles ou estava fazendo o possível para conseguir uma reação dele.

"Espero que você não se importe. É melhor assim."

Alfred quase não disse nada; a princípio ele nem se mexeu até que ela se virou mais uma vez e olhou de maneira inocente para ele.

"Você não se importa?"

Alfred balançou a cabeça e imediatamente colocou as mãos nas costas dela e esfregou suavemente, como só ele podia. Ela abaixou a cabeça, apoiando-a nos braços, sentindo as mãos dele tocando-a com ternura. Alfred era tão gentil, tão humilde e afetuoso e ela jurou que podia ouvir a respiração dele aumentar quando ele a tocava lentamente, com toda a facilidade que suas mãos grandes e gordas poderiam possuir. Ela se perguntava se o pau dele seria tão suave e quente dentro dela. Ela engasgou sem querer, até gemeu algumas vezes.

"Você tem ótimas mãos. Isso é *tão bom!*"

Ela podia sentir as mãos dele tremerem algumas vezes, sua respiração aumentando enquanto ele lutava para recuperar o fôlego. Alfred se aproximou ainda mais dela. Ela podia senti-lo esmagando bem atrás dela, empurrando-a para baixo cada fricção das suas mãos.

"Sim, *oh!* Faz tanto tempo desde que tive alguém para fazer isso", ela sussurrou enquanto sentia a respiração dele em seu ouvido. Embora seus olhos estivessem fechados agora, ela podia sentir e ouvir a respiração dele na parte de trás da cabeça. As mãos dele abaixaram-se para as suas costas, subindo pelo seu corpo, acariciando de maneira suave seu flanco. Ela podia sentir as pontas dos dedos dele roçando de leve os lados dos seus seios enquanto ele esfregava suas costas.

Alfred estava tão perto dela que ela podia sentir a respiração dele beijando sua orelha. Se não estivesse melhor informada, teria pensado que ele *havia* beijado sua orelha. Ela nunca teria pensado isso dele. Mas ela levantou-se um pouco, descobrindo sua nudez, talvez esquecendo alguma coisa. Embora ela duvidasse, uma vez que reconsiderou.

Mas o que a surpreendeu muito foi que, ao fazê-lo, ela sentiu as mãos de Alfred deslizarem de repente por baixo, agarrando seus seios. Ele havia sido mobilizado pela sua nudez por engano naquele instante? Alfred estava apertando seu peito, beliscando os mamilos com entusiasmo. Ele a segurou no chão e quando tentou se mover, ela descobriu que não podia.

Sua respiração pesada só aumentou quando ele a montou, segurando-a no lugar, beliscando-a com malícia e abrindo as pernas dela para si mesmo.

"O que você está *fazendo?*" ela deixou escapar, em choque e horror. Mas ele não respondeu. Ao contrário de George, ele não precisava dizer a ela o que queria ou o que estava acontecendo ou que ela queria. Não importa o que ela dissesse, ele *sabia* que ela queria.

Alfred sentiu que ela não estava usando nenhuma roupa íntima enquanto investigava com os dedos gordos.

Ela ofegou e tentou mais uma vez se mover, não importava o quão difícil fosse resistir. Suas tentativas foram totalmente inúteis porque ela adorava tanto e ele era tão grande que ela não podia lutar contra ele, mesmo que quisesse. O que ela não fez. Ou assim ela pensou, começando a duvidar de tudo isso.

Era *isso* o que ela queria? Será que *isso* iria satisfazê-la agora?

"Alfred, o que você está *fazendo?*"

Mais uma vez ele não disse nada e isso deveria tê-la assustado, mas o silêncio dele estava realmente excitando-a. Ele era apenas louco, como qualquer outro homem? Assim como George, que sabia o que ela queria e de bom grado tinha dado a ela, mesmo quando ela o recusou?

Ela não sentiu os dedos dele novamente, percebendo que sua consciência o havia impedido de fazer o que ela desejava levá-lo a fazer com ela. Ela ficou imediatamente decepcionada.

Mas foi exatamente quando ela estava pensando nisso quando sentiu a carne monstruosa de seu pau entrar de repente nela.

Ela pulsou uma vez, em deleite e agonia combinados,

enquanto o sentia penetrando nela. Ela pensou que ele a despedaçaria enquanto se movia cada vez mais forte para dentro dela. Ela estava perdida no meio de sua luxúria selvagem e de seus desejos extremamente apaixonados.

Alfred a segurou e não a deixou ir, enquanto se movia para dentro dela. E foi deliciosamente fatídico senti-lo finalmente dentro dela quando ele se forçou a entrar de maneira mais profunda nela. Alfred a abraçou com o corpo, beijando e chupando sua nuca como um louco esfomeado.

Ele emitia sons sujos cada vez que se abatia sobre ela, como se cada golpe estivesse enviando ondas de sensações sexuais por todo seu corpo. Ela se perguntava quanto tempo havia passado desde que ele havia transado com outra pessoa. Por alguma razão, ela sabia que esse era o maior prazer que ele já teve e que cada golpe de sua própria mão continha outros fatos tão óbvios.

Estendendo a mão de maneira casual para mesa lateral, Jessica tomou outro gole de sua cerveja. Será que Alfred poderia ser do tipo, que uma vez recebido o convite, ficava louco e insano, sem aviso prévio? Ela não achava que ele era esse tipo de pessoa. Mas ele não tinha nenhum tipo de vida sexual. Quem sabe que tipo de monstro estava escondido naquele corpo gordo?

Ela podia vê-lo se movendo em direção ao sofá, bêbado de paixão, mas visivelmente exausto. Ela não sabia se ele estava fazendo isso para dar uma boa olhada nela ou porque ficou nervoso ao perceber que estava sozinho com ela. E se ela *era* aquela garota com quem ele fantasiava, então ele se sentia finalmente realizado? Aqui estava ela em carne e osso, a blusa de seda branca completamente invisível, revelando muito da pele lindamente leitosa debaixo dela e ela nem estava usando um sutiã. Ela sabia que se tivesse notado, ele podia ver de maneira nítida os mamilos rosados em seu seio, duros e pontudos, com a cor deles corando enquanto pressionavam o tapete.

Como se chafurdasse em seus sonhos ilimitados e estranhamente repetitivos, ela tirou a roupa de baixo de maneira deliberada quando entrou por um instante no banheiro dele. Não estava desaparecido antes? E ela não usava um sutiã há dois dias. Olhando para baixo, ela podia ver que ainda permanecia com sua blusa, como se nunca a tivesse removido. Mas ela havia aberto dois ou três botões e sabia que seus seios estavam quase pendurados para fora de sua blusa.

Ela podia ver seus olhos escuros e furtivos encontrando a abertura e arregalando, enquanto ele lambia os lábios carnudos, enquanto bebia da sua cara cerveja importada.

Ela estava deitada no tapete, de bruços. Ela se afastou, percebendo que estava muito perto da TV, fingindo esquecer que estava usando uma saia curta. Quando retornou para sua posição, a saia levantou com a mudança e, é claro, subiu para expor suas nádegas nuas. Nesse momento, ela esperou ouvi-lo, receber um sinal dele, um sinal de qualquer tipo. Talvez ele chegasse por trás e colocasse o pau nas nádegas dela ou fizesse algo semelhante, para demonstrar que ele era um homem.

Mas Alfred não se mexeu, nem fez barulho. Mas ela sabia que ele estava olhando para ela e que ele havia notado o que estava acontecendo bem na sua frente. Quando a tela da TV ficou escura por um segundo, enquanto o filme estava passando, ela notou o reflexo dele na tela. Ela podia vê-lo nitidamente olhando de maneira austera e serena para ela, como se estivesse completamente reivindicado pelo êxtase e prazer. A cabeça dele estava caída em uma direção e as mãos estavam na virilha.

Seu experimento estava dando certo, então ela levantou as pernas e começou a movê-las para frente e para trás. Essa ação abriu seu sexo e permitiu que ele visse melhor. E então ela esperou, pois a qualquer minuto, ela sabia que ele iria cair logo atrás dela e enfiar o pau corpulento bem dentro dela. Mas nada aconteceu; oh céus, o que é que ela tinha que *fazer?*

Mesmo assim, ela agiu mais uma vez, pedindo-lhe uma cerveja. Alfred se levantou de bom grado para ir buscá-la, mas a essa altura ela podia ver através da tela da TV que ele estava esfregando o pau. Algo estava acontecendo e ela não sabia quanto tempo levaria até que ele desmoronasse e transasse com ela.

Ela levantou-se quando ele lhe deu a cerveja e não pensou que qualquer um dos dois ainda estivesse assistindo o filme. Ela ficou na frente dele e a blusa transparente estava fazendo muito pouco para cobrir seus seios grandes. Ela bebeu da cerveja que ele lhe entregou e deixou cair um pouco na blusa de propósito. O tecido escorregadio estava molhado agora e os mamilos e seios rosados eram mais do que óbvios, mas ela não se importava.

"Eu queria perguntar uma coisa, Alfred", ela disse, colocando a cerveja com delicadeza no outro lado da mesa, mais longe dela. Então ela se sentou no lado oposto do sofá.

"Sim?" ele disse de maneira tão nervosa que suas mãos tremiam enquanto segurava a cerveja.

"Oh, nada, ela sussurrou de novo.

Alfred tomou um gole e depois colocou a bebida na mesa de café ao lado do sofá. Ela sentou-se ao lado dele; o filme ainda estava sendo exibido na frente deles, mas eles nem estavam ouvindo o que estava acontecendo. Ela percebeu então que queria outro gole da cerveja e de maneira descuidada estendeu a mão para ela, praticamente caindo sobre seu colo gigantesco, de modo que ele tivesse que pegá-la. Alfred colocou a mão sobre as nádegas dela para segurá-la, só então percebendo que estava tocando a parte de trás do sexo dela e que seus dedos haviam deslizado em seu triângulo molhado.

Ela não sabia se ele pretendia que eles fizessem isso, mas fingiu não ter notado e agiu como se estivesse mais preocupada com a cerveja.

Ela pegou e tomou um gole, esperando, esperando que ele fizesse algo. Esperando que ele a tocasse em outro lugar. Mas ele não tocou. E por um minuto inteiro, ele não mexeu os dedos, então ela também não se mexeu. Ela continuou bebendo, quase devorando a cara bebida acre.

Talvez ele achasse que ela estava bêbada e por isso não se mexeu. Na esperança de ver o quanto ele poderia se safar. Ela não sabia o que era. Mas os dedos dele permaneceram enterrados dentro dela até que ela sentiu uma fricção dentro dela por causa do atrito incessante. Foi uma sensação boa, mas ela não revelou que sabia o que estava acontecendo ou que ele estava dentro dela.

Ela conseguia imaginá-lo, como se estivesse em um filme pornô com classificação X tripla. Ela estava debruçada sobre ele, deitada no colo dele; a saia se levantou durante seu esforço enquanto pegava a cerveja, as nádegas nuas de frente para ele. Que homem não ajudaria uma garota necessitada, para evitar que ela caísse e a mantivesse sob controle? A blusa se abriu mais quando ela estendeu a mão, de modo que estava quase nua.

Quando sentiu pela primeira vez os dedos dele dentro dela, ela afastou as pernas de bom grado para poder sentir as mãos dele caírem entre suas nádegas com mais facilidade. E elas caíram ou ele as enfiou em seu traseiro?

Alfred segurou-as lá, mantendo calmamente um ritmo constante e uniforme, empurrando-as lentamente nela. Mas de alguma forma ela sentiu a hesitação dele e ele não se moveu mais. Ele congelou no lugar, molhando-as, tocando a abertura vaginal com medo e cautela, como se estivesse tentando esconder este segredo dela. Mesmo acariciando-a com um movimento delicado, que ansiava de algum lugar profundo, bem profundo dentro dele.

Quando ela se desculpou e voltou ao lugar, ele afastou a mão. Ela pegou seu lugar de volta no tapete para ver se conseguia atraí-lo, mas em vez disso, observou-o pela tela da TV, cheirando e lambendo os dedos que tinham estado dentro dela.

Isso a excitou e ela levantou mais uma vez para ficar na frente dele. Alfred ficou vermelho e sorriu nervoso, mas ela podia ver a excitação em seu rosto quando olhou para ele. Seus lábios estavam molhados e suas mãos tremiam de excitação.

"Posso perguntar uma coisa?" ela questionou, de maneira muito educada, olhando para ele. Alfred sorriu imediatamente, tomando um gole longo e lento de sua cerveja.

"Sim, claro", ele murmurou, olhando para o chão.

"Sei que será um pedido estranho. Mas ..." ela hesitou. E ele a encorajou a continuar.

"Você pode me dizer." Alfred sorriu, com um olhar tão inocente em seu rosto bilioso que ela quase se sentiu culpada por estar planejando seduzi-lo.

"Você me mostraria seu *pênis*?" ela disse paquerando. "Sempre tive curiosidade sobre o tamanho do pau de um homem negro. Quero dizer, eu gostaria de vê-lo. Está tudo bem?"

Alfred engoliu em seco ruidosamente e bebeu a cerveja que tinha na boca antes de engasgar.

"Posso?" ela implorou.

Alfred não disse nada, mas assentiu nervoso e ficou de pé, colocando a cerveja na mesa, apressando-se para abrir o fecho das calças. Ela podia vê-lo tremendo de nervoso, puxando-o de trás das calças. Ele estava olhando para ela, a boca caindo enquanto ela olhava para seu pau. Estava duro e já era monstruosamente grande.

"Posso ver ... mais de perto?" ela perguntou.

Alfred assentiu, com grande dificuldade.

Ela aproximou-se, abaixando devagar o lindo rosto, a respiração quase tocando-o. O pênis balançou na mão dele. Ela quase podia sentir seu cheiro e o teria beijado com prazer, por toda sua monstruosidade. Mas ela não o fez, pelo menos ainda não.

"Posso beijá-lo?" Ela perguntou.

Os olhos de Alfred se arregalaram e ele assentiu mais uma vez, nervoso. Então ela chegou ainda mais perto e desta vez ela aproximou os lábios de maneira lenta e com muito cuidado. E quando estava prestes a beijá-lo, ela olhou novamente para Alfred e perguntou-lhe mais uma vez: "Posso lambê-lo?"

O órgão dançou na frente dela, crescendo ainda mais do que já tinha. E Alfred novamente assentiu, enquanto seus olhos abaixavam e ele quase parecia entrar em colapso.

Ela continuou avançando, os lábios se aproximaram e se abriram, a língua molhada estendida para fora e ela deixou a parte de trás da língua lamber o lado do comprimento do pênis de maneira lenta e suave quando sua boca se aproximou. Ela afundou nele como uma verdadeira hedonista e engoliu a parte superior do músculo.

Ela chupou-o, lambendo o topo da cabeça, provando-o como queria. Ela pensou que, nesta altura, Alfred iria desmaiar. Ela chupou-o por um tempo, sentindo sua largura na boca, mal contendo seu calor com ambas as mãos. Conseguindo passar a língua pela sua ampla largura. Ela lambeu a base, estendendo a língua até a ponta, tentando engoli-lo. E quando seu tamanho monstruoso provou ser demais para ela, ela beijou a cabeça e chupou a ponta do músculo de maneira tão repetida que Alfred tremeu de repente.

Lambendo-o, ela repetiu tudo de novo, desta vez umedecendo o gigantesco escroto sob o pau grande. Ela chupou as bolas quentes, sentiu o peso na língua molhada, passando órgão escorregadio por baixo do saco várias vezes. Ela adorava a sensação dele contra a boca. Os tecidos macios desmanchavam com facilidade como uma deliciosa cobertura entre seus lábios, sempre que ela tentava sugá-los.

Ela foi gentil, é claro, lambendo sua masculinidade com cuidado, como ela queria quando a viu pela primeira vez. Ela sentiu-o; sua língua percorreu a parte de trás das bolas e subiu até que ela estivesse lambendo a parte de trás do pau quente. Ela chupou o poste com a boca inteira mais uma vez. Mas era tão grande que tudo que ela podia fazer era sentir seus lábios e língua no pau quente. E ela passou-os no poste, certificando-se de beijar todas as partes do seu pênis e bolas. Quando alcançou a ponta do pau roxo, enorme e inchado, ela apertou a boca e seus lábios pequenos espremendo enlouquecidos, chuparam-no de maneira descontrolada mais uma vez.

Alfred estava bufando e choramingando de maneira delirante, como uma criança indefesa. Ele encolheu com cada um dos seus sons de sucção, até que ela se afastou de maneira mecânica da ponta do pênis, abrindo a boca. De maneira espontânea, um fio branco contínuo pousou na sua boca, aparentemente sem fim, derramando de seu pau. Passou por toda sua boca e mãos como uma cobertura cremosa de baunilha em um bolo de aniversário de chocolate.

Jessica avançou sobre o pau, a boca ainda aberta e finalmente o engoliu, com o pau ainda jorrando líquido de sua abertura quente e fumegante e ela bebeu dele com gratidão. Então ela sorveu a parte que segurava na boca e tudo mais que estava agora inundando seus lábios ofegantes.

Um suspiro semelhante ecoou dos lábios de Alfred enquanto ele estremecia e ejaculava uma última vez.

Ela parou e olhou para ele, lambendo o resto do néctar dos seus lábios; demorou um instante antes que ele olhasse para ela. Ele não reagiu ou fez alguma coisa. Ela tossiu em uma mão bagunçada. Ela pretendia voltar alegremente, sentar e assistir ao filme como se nada tivesse acontecido. Mas, em vez disso, ela fez outra coisa.

"Você quer me tocar?" ela perguntou. Alfred estava olhando para ela com uma abertura redonda na boca, como um buraco; seu pênis ainda estava tão duro que balançou um aceno na frente dele.

Alfred mal assentiu e ela colocou os braços ao lado dela. Ela podia sentir-se molhada de excitação. Ela estava completamente exposta. A camisa estava molhada, a saia curta facilmente removível.

Alfred estendeu a mão para ela. Houve uma breve pausa no início, mas ele estava se aproximando dela e ela queria ver o que ele tocaria primeiro.

Alfred estendeu a mão e sentiu os seios nus e abriu a blusa, soltando todos os botões. A blusa estava sobre ela como papel rasgado. Ele afastou-a de maneira lenta, puxando-a dos ombros dela; a blusa caiu nas costas e nos braços e ali ela a segurou.

Seus olhos arregalaram, sua respiração ficou pesada e sua boca ficou aberta. A certa altura, ele estava sumariamente babando. Alfred tocou seus seios, colocando as mãos sobre eles com brusquidão; mas ele os acariciou gentilmente e roçou os lábios neles. Ele fez isso de maneira lenta. Prolongar o momento era sua única motivação, já que não queria dar um fim a isto e somente depois que ele teve certeza de que era seguro, sua boca abriu e ele engoliu o seio dela. Ele adorava morder. Ele mordeu os mamilos até ficarem vermelhos e ela estivesse ofegando de emoção. Chupando-os cada vez mais com mais força, ele os engoliu.

Mas ele não parou por aí. Suas mãos estavam ocupadas tocando as costas das pernas dela e passando os dedos pretos e gordos pela sua saia.

E o tempo todo ele sussurrava baixinho.

"Você é linda. Sim, você é tão *linda*! Por que eu? Por que tenho tanta sorte? Eu quero você. Você é tão bonita! Mas porque *eu*?"

Alfred estava murmurando isso principalmente para si mesmo, mas parecia completamente sério, quando suas mãos finalmente encontraram o sexo dela por baixo da saia curta. Sua mão subiu pelas coxas cremosas dela até que ela sentiu os polegares gordos afundarem dentro dela e abrirem-lhe até a medula.

"Você é ... tão linda", ele continuou, enquanto o dedo gordo se enterrava dentro dela, forçando o polegar comprido e roliço até que estivesse dentro dela, molhado e perdido no calor de sua boca rosa.

Alfred ofegou e ela sabia que ele tinha gozado. Ela o empurrou suavemente para trás e ele caiu no sofá na frente dela. Seu pênis estava ereto, tão duro, grosso e longo quanto ela jamais imaginou que fosse um pênis. O néctar estava escorrendo pelo lado de seu grande monstro e era ao mesmo tempo excitante e divertido de ver.

Ela ficou na frente dele, enquanto Alfred estava olhando de volta para ela. Os olhos dele arregalaram de admiração e sua língua pendia da boca enquanto ele olhava para ela com extremo desejo.

Ela deixou a blusa ensopada e manchada cair sem vida no chão e ficou de pé na frente dele com o peito nu e molhado. Seus seios branco-leitosos estavam saltando junto com seus movimentos graciosos e bem planejados. Seus longos cabelos cor de ébano, soltos atrás do pescoço de alabastro, repousavam suavemente nas costas nuas. Ela virou-se impassível, sentindo-o olhar para ela com entusiasmo e inclinou-se de maneira lenta na frente dele. A *saia* não fez nada para esconder suas nádegas nuas dele. Ela se posicionou, mas ele não se mexeu.

Alfred ofegou, estendendo a mão para suas nádegas e de

maneira brusca enfiou um dedo dentro dela, depois empurrou o rosto para frente e sua língua lambeu a abertura com avidez. Ela grunhiu com aprovação quando sentiu a língua dele dentro dela, lambendo seu sexo.

Ela caiu de bruços no chão na frente dele. Que diabos ela tinha que fazer para conseguir que ele a penetrasse? A saia era muito curta para cobrir sua bunda branca como a lua e ali ela ficou, na esperança de que ele reagisse.

Ela começou a assistir ao filme e decidiu ignorá-lo, observando em silêncio suas ações o tempo todo na tela da TV, quando de repente ficou preto. Até então, ela notou o reflexo dele tirando as calças, uma perna de cada vez, observando-a enquanto isso.

Alfred atirou as calças para o lado do sofá e caiu de joelhos atrás dela. Ele veio sobre ela; ela não prestou atenção nele. Ele puxou o pênis, seu enorme comprimento logo a tocou e ela sentiu a vara fria, sentiu que dividia a parte de trás de seu sexo. Ele espalhou suas dobras, abrindo-a lentamente, empurrando para dentro dela. Sua largura estava nitidamente arqueada contra seu sexo e ela mordeu os lábios até tirar sangue, recusando-se a reagir, a mover-se ou até mesmo a olhar para trás.

Ela apenas permaneceu imóvel, enquanto ele abria as pernas sobre ela, dirigindo seu pênis para dentro dela, as mãos acariciando os seios grandes. Mas ela não se mexeu; apenas fingiu assistir ao filme, que já estava acabando. Ela não podia evitar sentir o órgão empurrando dentro dela e foi emocionante. Alfred afastou suas pernas, abrindo-a ainda mais como uma janela e com raiva, serviu-se dela, fodendo-a repetidamente.

Ela sabia que estaria *muito* dolorida no dia seguinte. Mas não se importou. Talvez fosse a cerveja ou talvez não. Ela só queria ser fodida. Eles devem ter continuado por uma hora, só transando, bombeando duramente, antes que Alfred ofegasse em êxtase final, prendendo-se nela como uma fita adesiva. Jessica sentiu os sucos de seu homem explodirem dentro dela e depois escorrerem pelas suas pernas. Ela não sabia o porquê, mas isso a excitou totalmente.

Alfred afastou-se, hesitando de novo, é claro e caiu contra o sofá no chão, segurando o pau. O liquido branco escorrendo pelo lado do seu órgão era fresco, quente e pegajoso como também escorria de dentro dela.

Jessica virou-se e encarou-o, notando que o tapete em que ela estava deitada agora estava molhado. Ela sentou-se com as pernas ao estilo indiano, de frente para ele, com a saia cobrindo suas partes íntimas. Ela pegou a blusa do chão e vestiu-a novamente, mas não a abotoou. Ela apenas ficou sentada, vestindo a blusa de seda branca arruinada, sem se preocupar com o fato de que ficava abrindo a cada movimento que ela fazia.

"Por que eu?" Alfred sibilou de maneira ameaçadora, não confiando nela e essa foi a única coisa que saiu de sua boca, enquanto ofegava para respirar um pouco mais e segurava frouxamente o pênis úmido e ereto.

"Por que *não?*" Jessica respondeu em uníssono quase perfeito e se aproximou dele enquanto ele se recostava no sofá, emocional e fisicamente exausto.

Alfred parecia demasiado gordo e fora de forma para esse tipo de comportamento irreverente, mas de alguma forma, ele estava conseguindo tolerar. Ele segurava o pênis que, de maneira surpreendente, ainda estava ereto e ela sentou-se em cima dele, sem querer sentar no órgão, mas de alguma forma ele estava empurrando-o para dentro dela e ela não o deteve. Talvez tenha sido ele quem a manobrou para essa posição precária. Alfred olhou sem graça para ela, uma atitude de rendição total e sem sentido em seus olhos escuros e encovados agora lúcidos, mas difíceis de ver.

Jessica conteve com força a dor extrema de senti-lo

afundar-se profundamente nela mais uma vez, era tão imenso em largura e comprimento. Embora ela se sentisse rasgada e arranhada, ela simplesmente adorou. Então um pensamento veio até ela e de maneira sabia, cruzou seus lábios abertos.

"Só quero *uma coisa* de você", ela murmurou, notando que ele grunhia e ofegava e começava a respirar de maneira excessiva de novo.

"Sim?" Alfred mal conseguiu coaxar, segurando suas nádegas com firmeza contra ele, para que ele pudesse afundar-se mais fundo dentro dela. Ainda tinha um longo caminho a percorrer. Alfred sufocou seus seios; a língua lambia os mamilos com tanta força que ela quase esqueceu o que estava dizendo. Ele os mordeu, chupando-os e depois engolindo-os apenas para morder cada monte e agarrar-se a ele enquanto ela pulava em seu colo.

Ele viu o que isso fez com ela e mordeu com mais força, empurrando o pênis mais fundo ao mesmo tempo, na esperança que ela engolisse todo o músculo. Mas ele sabia que somente com tempo ela seria inteiramente capaz de fazer isso, se ele trabalhasse nisso e a dilatasse. *"Com transa suficiente, eu poderia* ter *você. Eu poderia abrir você para meu pau preto e apenas meu pau,"* ele murmurou, sem fôlego.

"Eu *quero* você!" Alfred sibilou, batendo de maneira varonil seu pau para dentro dela, chupando cada seio por sua vez com sua enorme boca escancarada e babada.

"Eu te quero tanto. Sempre te quis. Eu *te amo!"*

Jessica apenas balançou a cabeça para ele, parecendo para o mundo inteiro como uma boneca tragicamente adorável.

"Só quero transar com você, Alfred. Eu queria transar com você há muito tempo. *Não* estou apaixonada por você. Você tem que compreender isso. Só quero transar. É tudo o que eu quero", ela disse.

Alfred respondeu com golpes repetidos e mordeu os seios,

chupando-os com tanta força que ficaram brilhando em vermelho.

Jessica ficou surpresa com suas ações e encantada ao mesmo tempo.

"Só quero *sexo* de você," ela repetiu. "Não quero *mais nada*." Ela fez esta afirmação com entusiasmo crescente, enquanto gemia e grunhia de maneira sedutora.

Alfred pareceu parar, mas não por muito tempo; o pênis ainda estava inchando dentro dela e ele estava pressionando-a em seu pau com aquelas mãos monstruosas, mas dóceis. Parecia crescer em comprimento e largura enquanto acariciava dentro dela. Como se tivesse despertado por completo para essa experiência surpreendentemente nova.

Jessica adivinhou, com razão, que ele só estava feliz se estivesse transando com ela e não se importava com o porquê.

"Não vou te beijar. Se existe algum tipo de relacionamento, é apenas para sexo. Você está de acordo com isso? Quero ter certeza de que você está. Só quero ter sexo com você. E isso é tudo."

Alfred não respondeu imediatamente e ela se afastou, caindo no tapete diante dele. Seu pênis molhado estava duro, tenso e doendo para estar dentro dela.

Alfred olhou para ela, tonto de amor quente combinado com pura luxúria; parecia que ele só conseguia ver o prazer diante dele, a abertura molhada de seu sexo, doendo e brilhando como uma árvore de Natal na sua sala de estar. Estava pulsante; ela podia sentir isso assim como ele.

Alfred assentiu como uma criança para conseguir o que queria. Nem que fosse para colocar o pênis de volta no buraco quente da boceta dela.

Jessica levantou, fechou alguns botões e moveu-se como se fosse sair. Alfred levantou-se bêbado e foi até ela sem calças. Sua barriga gorda pairava sobre o pênis, incapaz de escondê-lo dela. Era muito grande, firme e roxo para esconder completamente. E era o que a mantinha e manteria com ele. Era *enorme* e ela queria senti-lo várias vezes, se conseguisse se safar. Mas ela nunca diria isso a ele.

"Fique!" Alfred implorou. "Tenho mais cerveja, tenho mais pipoca!" Mas a pipoca estava espalhada pelo chão, sem comer, enquanto os dois haviam acabado com várias latas de cerveja.

"Só quero fazer sexo com você, mas você deve entender. Não quero um relacionamento. Você deve respeitar isso. Você respeita? Você quer, bem, apenas *trepar*?"

"SIM! Quero dizer, *sim*! Também quero trepar com você! Por favor, deixe-me trepar com você! *Eu te amo!*"

"Não, você não ama. Não diga isso. Você me quer. Isso é tudo. Certo?"

"Sim!" Alfred tentou concordar, nem que fosse apenas para conseguir o que queria.

"Então diga: eu *quero* você."

"Eu *quero* você", Alfred repetiu, aproximando-se. Trazendo aquele enorme e monstruoso pênis roxo para sua boca pequena, apertada e rosada.

"Quero trepar com você", Jessica disse a ele.

"Quero trepar com você", Alfred repetiu suas palavras como se fossem uma oração sagrada. Ajoelhado diante dela, ele era apenas uma coisa feia, mas ele era a *sua* coisa feia, a coisa feia com o pau enorme. E ele ainda estava duro. Alfred queria isso.

Ela levantou a saia para ele e disse que queria que ele a beijasse. Ele olhou para ela, a princípio sem entender. Mas não demorou muito para que ele soubesse exatamente o que ela queria dizer.

Alfred lambeu o néctar dela com avidez. Até que finalmente ela teve que afastá-lo, pois ele poderia ter permanecido ali entre as suas pernas para sempre.

❧

Então, seus planos secretos, antigos e de longa data finalmente iriam acontecer. Alfred seria seu escravo sexual. Ela seria seu mestre divino. Ela organizou todas as sequências, programou todos os eventos tórridos, as noites quentes de sexo bruto, atrevido e indecente, os momentos apaixonados de luxúria não satisfeita e ele seguiu às cegas, já que seu pau estava no controle, ou melhor ainda, ela estava.

Jessica sairia do trabalho e chegaria à dele e ele estaria esperando por ela em seu quarto, pronto para agradá-la. Alfred estava sempre pronto e era isso que ela gostava nele. Ela nunca tinha visto o pau dele dormindo. Estava sempre pronto para trepar. Mas ela queria mais, então às vezes o levaria para almoçar, mas eles nunca deixariam o estacionamento. Eles fariam sexo no carro dela.

Ela sentaria no banco do motorista, segurando o volante, enquanto debaixo dela Alfred estava deitado de costas com o banco inclinado para trás, seu pau batendo nela enquanto ela estava sentada em cima dele. Jessica observava os carros entrando e saindo do estacionamento, por trás das janelas escuras e sombreadas de seu veículo. Ela se certificaria de estacionar em um canto do estacionamento, onde as sombras do meio-dia os esconderiam e as lâmpadas estivessem sempre apagadas. E se não estivessem, ela sempre consertava isso.

Passado algum tempo, Jessica transferiu-se para o turno da noite, pois as noites eram muito mais calmas e lentas. Ela levaria Alfred para um dos banheiros do porão, onde trabalhavam as empregadas e quando não havia mais ninguém por perto. E na última cabine, ela o deixaria liberar um pouco de estresse.

Alfred estava sempre pronto, às vezes antes dela. Ela o encontrou duas vezes no banheiro, sentado na cabine, esperando impacientemente por ela.

Ela entraria e ele estaria sentado no vaso sanitário com um enorme sorriso satisfeito no rosto, as calças na metade dos tornozelos e o pênis quente ereto. Ele daria um tapinha no colo saliente, como se dissesse 'Suba a bordo'. Ela tentaria não sorrir, fechando a porta do banheiro atrás dela, subindo em seu colo e em seu pau seco. Ela se divertiria transando com ele, às vezes por horas, até que ela precisasse afastá-lo, com medo de que viessem procurá-los.

Uma vez ela tomou banho no trabalho. Normalmente ela nunca fazia isso, mas esteve com Alfred tantas vezes que precisava tomar um banho. Não demorou muito até que ela o encontrasse, já lá dentro, esperando por ela. Ela tomou banho e o tempo todo Alfred ficou atrás dela, com seu pau dentro dela mais uma vez. Ela gemeu, muito excitada para considerar o tempo, finalmente desistindo de lavar o corpo para sentir as batidas dele por trás. Mas ela queria mais e agora estava planejando algo novo.

Ela ordenou que Alfred tirasse duas semanas de licença de seu emprego. Ele ficou feliz em fazê-lo, assegurando-lhe que queria passar mais tempo agradando-a. E ela queria que ele o fizesse. Então Jessica combinou de ficar com ele nessas duas semanas. Ela planejou ficar e passar todas as noites na dele. Ela queria que fosse simplesmente perfeito, que realizasse plenamente todas as suas fantasias, assim como todas as dele.

A semana foi simples e eles atuaram como mestre e servo. Uma noite ela foi à casa dele; ele não estava lá, mas havia lhe dado uma chave. Ela entrou, descarregando as compras para o período em que ficaria lá. Havia cerveja e comida suficientes na geladeira para durar um mês, mesmo com o apetite abundante de Alfred.

Alfred ainda estava no trabalho quando ela se serviu do seu chuveiro e saiu para se secar. Ela ficou de roupa íntima, preparando as coisas do jeito que ela queria. Os brinquedos sexuais foram todos colocados no lugar, as correntes, os chicotes e os utensílios de escravidão foram pendurados com cuidado no quarto dele, num padrão planejado com cuidado.

Quando Alfred entrou, cansado de um longo dia, ela o recebeu na porta. Ela estava usando roupas íntimas reduzidas e absolutamente mais nada. Alfred ofegou quando a viu e abriu imediatamente as calças. Ela não o impediu, sabendo que depois desse brinde, seria diferente. Que ela seria a escrava e ele o mestre e que ele aprenderia com ela todos os detalhes luxuriosos do que ela queria desta relação.

Alfred a cumprimentou com um beijo, caindo de joelhos e beijando seu sexo. Ele puxou a calcinha para o lado e enrolou a língua dentro dela. Ela gemeu, pois isso era delicioso.

"Sim, gosto disso", ela disse baixinho. Alfred puxou a calcinha, puxando-a lentamente pelas suas pernas pálidas. Ele fez isso com os dentes, lambendo o sexo dela enquanto fazia isso. Ela estremeceu de prazer.

"Sim", ela gemeu. As roupas estavam no chão e a boca dele estava pressionando dentro dela. A língua estava perdida em algum lugar do seu sexo. Ela gemeu muito, empurrando com gentileza a cabeça dele. Mas apesar do quanto ela o queria, ela o parou, apenas para direcioná-lo ainda mais.

"Ouça-me", disse ela, de forma tão significativa que ele olhou para ela com desejo infinito dançando em seus olhos enquanto segurava o pau na mão. Estava duro e suculento, ereto como a cabeça de uma garrafa de cerveja marrom.

"Durante uma semana, sou sua escrava. Você entendeu? Quero que você transe comigo. Me possua, me tenha. Me amarre, brinque comigo. Podemos começar hoje à noite. Serei sua escrava para fazer o que você quiser. Você pode acordar a qualquer momento e transar comigo como desejar. Apenas cuide de mim; permita-me liberdade somente quando for necessário. Você pode me acorrentar. Farei o que você diz, mas apenas para ter seu pau em mim. Sou sua escrava. É isso que eu quero."

Ela esperou para ver a expressão em seu rosto; ele estava sorrindo, mostrando os dentes feios para ela.

"E eu posso *trepar* com você?" Alfred perguntou, muito satisfeito. Ele havia pensado e estava mais do que preparado para a perspectiva de ser seu próprio escravo pessoal ao longo da vida. Agora isso!

"Quando você quiser. Sou sua para comandar."

Jessica levou-o para o quarto e mostrou-lhe o equipamento de escravidão que havia comprado. Seus estreitos olhos escuros arregalaram à medida que ele avaliou de maneira frenética os vários artigos. Havia tiras de couro preto cravejadas com *spikes* de aço, bem como um assento de bondage de couro preto, equipado com tiras grossas de couro para manter um corpo atraente firmemente no lugar. A pessoa poderia sentar-se sobre ele e ser amarrada, os braços amarrados sobre a cabeça e as pernas bem afastadas. Oferecia fácil acesso ao mestre, pois o escravo não seria capaz de se mover, segurado por essas coisas. As tiras eram ajustadas para que as pernas do escravo pudessem ser niveladas, estendidas para cima ou abertas.

Alfred imediatamente as colocou em uso. Ele colocou a coleira de couro no pescoço dela e conduziu-a pela corrente de aço, por onde quer que andasse. Ela já estava completamente nua. E devia permanecer completamente nua até que a semana terminasse.

Ela seguiu-o até o centro do quarto, observou-o despir-se, esfregando o pau duro enquanto tirava as calças.

De pé nu diante dela, ele esfregou o membro rígido, examinando-a. Seu rosto feio estava sorrindo alegremente para ela; ele coçou a barriga grande, trabalhando a mão até o órgão duro. Puxando o músculo, ele se tocou, esfregando o polegar sobre a cabeça de pênis. Ele a examinou; isso a deixou ansiosa para saber o que ele faria em seguida. Mas ela não podia perguntar, por mais que quisesse, pois tinha de obedecer fielmente às regras que havia feito.

Alfred estendeu a mão e beliscou os belos mamilos maravilhosamente corados. Ele puxou-os, estendendo os mamilos flexíveis, tentando torná-los mais duros e mais ao seu gosto. Ele beliscou-os até ficarem vermelhos como beterraba e eretos. E uma vez que estavam, ele sorriu de orelha a orelha. Ele lutou contra o desejo de chupá-los. De maneira casual, ele pegou um grampo de plástico preto e brilhante da cômoda, um dos itens que ela havia comprado antes e prendeu um mamilo com ele.

Alfred fez o mesmo com o outro grampo, ordenando que ela abrisse as pernas e depois ajoelhou-se na frente dela, abrindo seu sexo úmido. Ao fazê-lo, ele foi incapaz de se controlar, lambendo de maneira ardente sua região inferior antes de colocar o grampo de borracha em seu clitóris, prendendo o pequeno músculo com ternura, mas com força, aumentando o prazer erótico. Ela não sabia o que era, mas estava despertando e formigando seu sexo.

Alfred ordenou que ela se virasse para ele e ela fez o que ele pediu, seu coração batendo de excitação e admiração. O que ele faria *agora*? Ela estava tentando uma sorte muito estranha e louca, dando-lhe todo o poder sexual e físico sobre ela; agora ele podia fazer o que quisesse. Tinha sido apenas a primeira semana especial que eles transaram e aqui estava ele, ordenando-a totalmente como uma escrava sexual. Ele tinha todo o controle, porque ela queria alguém que lhe propiciasse sua vida de fantasia.

Quando Jessica se virou, Alfred avaliou suas nádegas, abriu as bochechas e lambeu-as devagar. Jessica balbuciou com êxtase surpreso até sentir o pênis dele pressionando seu traseiro. Ela adivinhou que ele sentiu a necessidade de se libertar. Mas antes que continuasse, ele parou, percebendo algo e então afastou-a, embora os fluidos no sexo dela estivessem escorrendo por sua perna.

Alfred levou-a ao mestre das correias, como ela o chamou.

A coisa que poderia segurá-la e impedi-la de escapar, segurá-la para o mestre enquanto ele trepava com ela.

Alfred o adorou desde o momento em que o viu. Ele prendeu-a imediatamente nele, colocou suas pernas nas correias, levantando-as bem alto e amarrou suas mãos sobre a cabeça. Ele a amordaçou e pôs-se à sua frente para examiná-la de perto. Ele estava perto o suficiente para ter seu pau beijando o sexo dela. Ele empurrou para frente, mas precisava de ajuda. Ele colocou as mãos atrás das nádegas dela e empurrou-a para ele. Assim que ele fez isso, lábios dela se espalharam pelo comprimento de seu pênis.

Jessica gritou sob sua largura, por detrás da mordaça que lhe segurava a boca. Alfred continuou, sem hesitar. E era exatamente isso que ela queria que ele fizesse. Ele estava sob controle, sem recuar. Jessica pensou. *Faça como quiser*. E ele fez.

Alfred entrou lentamente nela e depois bateu o resto de seu comprimento absurdo para dentro. Ele a abraçou por um momento, avaliando-a. Alfred agarrou suas pernas, separou-as ainda mais e segurou-as para que o pau penetrasse nela mais fácil. *Com o tempo*, ele voltou a pensar, *vou abrir você completamente* e isso ele disse a ela em um sussurro enquanto transava com ela.

Alfred manteve as pernas dela imóveis, ela não conseguiria se afastar dele e o pau era um encaixe apertado, como se não fosse sair de dentro dela, mesmo que ele o puxasse. Mas ele estava ajustando seu tamanho, ela adivinhou.

Alfred se moveu de um lado para o outro, como se quisesse dilatá-la ainda mais. E seja o que for que ele estava fazendo estava deixando-a obscenamente louca. Jessica não conseguia mexer os braços, que estavam erguidos muito acima da cabeça e amarrados. Seus seios grandes, pontudos e eretos, empurravam para frente ao gosto dele, acariciando-os suavemente contra ele, os mamilos apertados com força pelos grampos que ele tinha momentos antes colocados neles para mantê-los eretos.

Alfred começou a se mover de maneira lenta mais uma vez. Ele puxou o pau dela, um golpe de cada vez no começo. Então ele voltou a enfiá-lo. Ele não se apressou e tornou-se mais doloroso para ela. Ele brincou com o grampo de borracha no clitóris, esticando-o com cuidado. Mas ela já estava molhada e não havia necessidade disso. Mais uma vez ele puxou para fora, batendo para dentro e depois saindo. Cada vez foi mais difícil que a última vez. Ele estava dilatando-a, ele pensou enquanto puxava os grampos nos mamilos dela.

"Você é tão bonita! Você é tão *bonita!* Quero transar com você *o tempo todo!*" Ele mordeu os seios dela, apertando os grampos e retirando-os com a boca. Ele os cuspiu e começou a chupar os mamilos esfolados e doloridos. Jessica gemeu e estremeceu ao mesmo tempo em que ele fazia isso.

Esse ritual elaborado continuou durante duas longas horas, enquanto eles mal se moviam de seus respectivos lugares. Seu pênis permaneceu dentro dela até que ele gozou. E quando gozou, ele a segurou, as mãos pressionadas nas nádegas dela, separando as bochechas até que ela ofegou. No entanto, ele continuou a chupar seus seios, mesmo quando puxou seu pau de dentro dela, agora quente como um ferro e ainda duro como a primeira vez que ele o colocou dentro dela. Ele lambeu e chupou os seios dela, demorando-se com tudo o que fazia com o corpo amarrado e indefeso.

Finalmente exausto, Alfred engatinhou sem energia até a cama e observou-a enquanto ficava deitado ali, ofegante. Seus fluidos masculinos estavam pingando do sexo dela, que ainda estava quente e molhado, latejando com tortura, prazer e excitação misturados. Ele estava se tocando enquanto a observava amarrada àquela coisa, as pernas forçadas tão amplamente separadas, o sexo se abrindo para ele pingando de desejo, vivo de excitação.

Seus mamilos e corpo estavam ridiculamente doloridos, mas ela estava muito excitada para sentir um cansaço real. Alfred fechou os olhos e ela o perdeu, pois logo ela também foi capaz de fechar seus próprios olhos.

Jessica ficou amarrada ali durante horas; ela podia sentir seu corpo latejando, a excitação em seu coração pulsando. Ela não era nada além de uma escrava sexual lamentável, amarrada a essa coisa e qualquer pessoa que quisesse poderia transar com ela. Isso só a excitou e a fez ansiar por mais.

Durante a noite, ela só acordou quando Alfred se levantou para ir ao banheiro e depois tropeçou para a cama de novo. Ele estava nu e ela nunca poderia perder sua forma gorda caminhando nas sombras enquanto subia de volta para a cama. Jessica sabia que ele estava sempre dando uma olhada rápida nela toda vez. Mas se ele estava lutando contra o desejo de montá-la, ela poderia apenas se perguntar.

Sua figura sombria levantou-se várias vezes do final da cama e foi até ela, mas depois parava no meio do caminho. Ele voltou para a cama e observou-a da borda estreita. Jessica não podia ver o rosto dele, mas sabia que ele estava olhando para ela. Ela não sabia ao certo por que ele estava parado, mas ele ficaria lá por um tempo até deitar na cama de novo.

Sempre ansioso nas horas da manhã, ela foi acordada cedo pelo pênis de Alfred. Ele caminhou até ela enquanto ela dormia e se plantou dentro dela. Num minuto ela estava adormecida profundamente; no minuto seguinte, seu corpo estava se movendo vigorosamente enquanto ele apoderava-se dela.

Seu pênis estava tão seco, tão quente e tão duro que queimou quando entrou nela e foi a dor que a despertou em primeiro lugar. Mas quanto mais difícil era penetrá-la, mais forte ele empurrava e forçava para dentro até que os fluidos misteriosos e calmantes do seu próprio sexo apareceram e transformaram-na em um pedaço de carne fácil de encaixar. O pênis ainda era muito grande e muito doloroso, mas isso não o impediu e ele seguiu em frente, como se fosse rasgar sua boceta a qualquer momento.

Finalmente ele gozou, tropeçando até o final da cama e ficou sentado ali arfando, sem fôlego. Depois de pouco tempo, ele caminhou até ela, muito nu, fedido e suado e desatou as correias, para baixá-la do mestre das correias.

Quando foi levada com gentileza para baixo, ela podia sentir cada músculo em seu corpo cheio de luxúria gritando e protestando em extrema agonia. E seu sexo íntimo, aparentemente enterrado e florescendo de dor, queimava e ardia com o fogo da determinação incansável de Alfred.

Alfred a conduziu pela coleira com tachas e ela o seguiu. Ele a levou para o banheiro e limpou-a, lavando todas as partes do seu corpo com mãos gentis, mas vorazes. Seus olhos escuros nunca pararam de brilhar e sua expressão nunca diminuiu sua excitação lunática. Ele não se trocou, apenas se limpou um pouco como ele a tinha limpado, e na verdade, ele também lavou a parte interna da banheira e limpou tudo, pois ele gostava de um banheiro impecável.

Depois de secá-la, ele conduziu seu novo eu submisso para a cozinha. Parecia que ele já havia feito o café da manhã e havia preparado um único lugar na mesa. Ele ainda estava nu quando se aproximou da mesa e sentou-se.

Ele a puxou para si e ela foi instruída a sentar-se na outra cadeira, ao lado dele. Ele puxou a corrente, instruindo-a de maneira grosseira e conduzindo-a para o seu lado como a escrava desobediente que ela era. Mas ainda orgulhosa e vaidosa, ela sabia que não devia. O assento dela estava no colo dele; ela teria que aprender da maneira mais difícil.

Ele estava segurando um pequeno chicote de couro leve.

Ele a fez se virar e de maneira brusca chicoteou suas nádegas com tanta força que ela quase gritou de prazer, mas ela manteve os lábios fechados ou não agradaria Alfred. Ela já podia ver isso nos olhos dele quando ele agarrou suas nádegas e beliscou a área vermelha que havia batido com a ponta do seu chicote de couro leve.

"Não, eu quero você aqui. Quero que você se sente no meu colo", ele instruiu de forma imperiosa, apontando para o pau duro entre as pernas. Estava mais ereto do que nunca. O músculo estava se erguendo, tão duro como um poste de barbeiro, alojado entre as pernas marrons grandes e gordas.

A barriga gorda estava quase tocando a extremidade da mesa. Agora, como ela seria capaz de se encaixar em tudo isso? Mas o que ela não sabia era que iria. E ele se certificaria disso. Alfred a puxou com brusquidão para ele e ela caiu sobre ele, os seios pressionando as enormes pregas de barriga. Ele era uma coisa peluda, com cabelos pretos espalhados por todo o corpo, levando a uma trilha pela cintura até os músculos e uma grande bolsa escrotal. Ela podia ver suas bolas; elas eram uma grande parte da parte inferior do seu corpo, o pau estendendo-se a partir delas como uma espessa árvore de inverno sem folhas.

"É aqui que eu quero que você se sente", Alfred apontou mais uma vez, mas mesmo não querendo apontar apenas para seu pau, era isso que ele estava fazendo. E ela sabia que era o que ele queria dizer.

Ele a estava puxando com gentileza, apressando-a. Quando ela tropeçou no colo dele, ele a ajudou a levantar-se, posicionando-a. No começo, ela apenas sentiu o pênis dele atrás dela, esfregando nas suas costas. A cabeça molhada e grande, balançando, batendo nela de maneira suave com sua mucosa.

Alfred apertou-a com carinho, já que agora ela estava sentada em seu colo, com seu grande órgão acariciando suas costas. Era tão longo que podia tocar a extremidade da mesa de jantar.

Alfred segurou-a; ele descansou e agarrou os seios dela nas palmas das mãos, esfregando-os com ternura, como se estivesse fazendo-lhe uma massagem. Ela respirou fundo, sem remorsos, como ele tinha feito.

Ele beliscou seus mamilos mais uma vez. Ele gostava de fazer isso. O prato estava na frente deles, com um copo alto de suco de laranja e leite, cada um no seu canto. O banquete variado era uma combinação de ovos mexidos, bacon, torradas e uma enorme fatia de *hash browns*. Havia muita manteiga de verdade ao lado, xarope de bordo genuíno e outro prato com quatro grandes panquecas marrom-douradas.

"Você pode ter o que quiser. Vá em frente e coma!" Ele pegou o garfo e apontou para algo no prato e quando ela assentiu, ele cortou um pedaço e deu-lhe de comer.

Uma mão a alimentou e a outra ela sentiu acariciando seu seio. Primeiro, segurando o monte macio, ele beliscou-o e então sua mão caiu no colo dela. Ele abriu-lhe as pernas lentamente, cortando mais um pedaço de panqueca e alimentou-a com ele. O quão bem ele fez isso fez seu pequeno estômago roncar de maneira animalesca.

Ela sentiu as pernas magras caírem para um lado das pernas gigantescas e peludas. Seus fios rijos e grossos esfregaram nela. Ela podia sentir seu sexo dilatando e abrindo sobre a perna enorme. Ela estava molhada mais uma vez e mal podia comer de excitação, nem engolir sua comida.

Alfred continuou; sua mão abaixou e enfiou um dedo dentro, abrindo-a.

"*Sempre* quero te comer", ele insistiu, sussurrando atrás da orelha dela enquanto a alimentava com uma colher.

Então ele entregou-lhe o utensílio, colocando-o com cuidado na mão dela e trouxe a mão estendida pela sua perna.

Ele a afastou da mesma maneira, de modo que ambas pernas dela estavam abertas no colo dele.

Ela caiu um pouco para frente sobre a mesa, cotovelos em cima, pernas abertas. Com isso, ele empurrou o pênis para frente e trouxe as nádegas dela sobre ele. O líquido dela espalhou-se, escorrendo pela sua perna enquanto sentia o pau entrar nela. Mesmo assim, o tamanho era insuportável, embora Alfred pensasse com prazer que ela finalmente o tomaria inteiro. No entanto, ela ainda não conseguia.

No entanto, ele estava se divertindo, e isso não importava. Eles transaram a manhã toda, ao que parece. Sempre que ele queria, ele simplesmente a possuía. À noite ela estava exausta, mas ela não fazia as regras; se Alfred queria um pouco de buceta, ele simplesmente puxava a corrente e ela caia de joelhos na frente dele.

A semana passou rapidamente; o tempo parecia infiltrar-se como uma névoa púrpura na dele. As lembranças dos momentos que passou com ele em cima de sua pequena figura, transando repetidamente com ela, eram muitas. Logo ela estava dormindo em sua cama e ele adormecia sempre com o pênis duro, e às vezes dentro dela.

Ela acordaria e ele estaria tocando-a enquanto dormia. Às vezes até chupando seu mamilo enquanto eles dormiam. E ele dizia que às vezes não conseguia dormir, a menos que tivesse a teta dela na boca. Teria ela aflorado o monstro obscenamente infantil dele?

Na última noite, ele estava transando com ela a cada minuto, como na primeira vez. Ele a manteve na cama durante todo aquele último dia. Após alimentá-la, ele a prendeu no colchão com correias e depois se levantou e foi comer. Ele não a deixou sair da cama. E quando terminou, ele subiu na cama de novo e transou com ela mais uma vez.

Ela não podia acreditar que ele nunca desistia. Ela não entendia como ele podia continuar assim. Era como se ela tivesse ensinado algo completamente novo e ele não conseguia parar de fazê-lo.

À meia-noite, quando o relógio deu meia-noite, ele transou com ela última vez. E ele não conseguia parar de chupar seus seios antes que a noite terminasse.

Quando acordou, ela o encontrou pressionado perto dela, com o seio na sua boca. Ele mamava como um bebê pequeno enquanto a segurava, pressionando-a para não deixá-la ir. Mas ela conseguiu escapar dele, levantou-se da cama sem acordá-lo e vestiu as mesmas roupas velhas que usara no primeiro dia em que chegara à casa dele com essa ideia maluca.

A semana chegou e se foi e agora terminara. E ela tinha transado o suficiente para durar muito tempo. Ela estava pronta para ir para casa e se lavar.

Ela fez exatamente isso, afastando-se devagar e com muito cuidado, para não acordá-lo. Quando alcançou a porta, ela podia ouvi-lo se mexer, por isso apressou-se e saiu para a garagem. Ela entrou no carro e desapareceu na manhã quente e sombria.

Quando chegou em casa, ela entrou no banho e ficou lá por mais de uma hora. Quando saiu, podia ouvir o telefone tocando como um louco. Era tão irritante que ela pensou que ia enlouquecer. Ela saiu com uma toalha enrolada no corpo e olhou para o identificador de chamadas, só para perceber que era o número de telefone de Alfred aparecendo ali.

Ela se recusou a atender, secou-se e em seguida, deitou na cama e adormeceu o resto do dia, sem se preocupar. Mais tarde, ela deve ter sido despertada pelo telefone; quando finalmente abriu os olhos, percebeu que eram 22 horas mais uma vez olhou para o identificador de chamadas e viu que era Alfred ligando.

"O que ele poderia *querer?*" ela murmurou irritada. "*Acabou*", ela falou rispidamente em voz alta. Mas o telefone não parava de tocar e dessa vez havia uma mensagem na secretária.

"Oi Jessica! Você saiu com tanta pressa, por que não me acordou? Ouça, me ligue, estou preocupado. Só quero ver se você chegou em casa bem. Te amo. Quero fazer uma pergunta. Por favor, ligue, Gata." Ela franziu a testa e deitou na própria cama.

"Te *amo*?" ela murmurou. "Bem, *eu* não", ela sussurrou com raiva. Ele tinha muita coragem! Ela já não havia explicado para ele? Ela se recusou a ligar de volta. E deitou de novo na cama, para terminar sua soneca.

De novo, desta vez por volta das duas da manhã, o telefone tocou. Ela deixou a secretária atender.

"Jessica, sou *eu*, Alfred. Por favor me ligue! Só estou preocupado com você. Ligue-me quando voltar. Eu liguei mais cedo. Não quero incomodá-la, mas *preciso* falar com você. Quero te perguntar uma coisa. Sinto sua falta, Jessica. Você pode me ligar quando chegar? Não importa que horas. Vou estar acordado Ok. Bem, ok, tchau. *Te amo!*"

Ela queria simplesmente morrer. Ela odiava o som de sua voz patética. Ela estava brava.

Ela levantou da cama e tropeçou até o telefone. Ela queria ligar para ele, apenas para amaldiçoá-lo, mas então parou. Não, ela não ligaria para ele; ela deixaria isso em paz. Então ela correu de volta para a cama e de maneira teimosa permaneceu lá.

De manhã, ela voltou a ouvir o telefone tocando; ela tinha acabado de levantar e tropeçou para a cozinha para fazer café.

Mais uma vez, a secretária atendeu.

"*Jessica*, é seu ursinho de pelúcia, Alfred. Estou *muito* preocupado. Ainda não tive notícias de você. Por favor me ligue.

Tenho que falar com você sobre algo muito importante. Não é sobre a semana passada. É outra coisa. Me liga, *por favor!*"

Quando ele desligou, ela caminhou até o sofá e pegou o telefone.

"Acho que é melhor acabar com isto", ela murmurou para si.

Ela ligou resmungando, bebendo seu café preto. Ela estava sempre tentando manter o peso baixo, para poder ser atraente. Mas não para Alfred; não mais. O telefone não tocou, nem mesmo uma vez, antes que alguém o atendesse do outro lado.

"Jessica?" ela ouviu a voz agradecida de Alfred ofegar do outro lado do telefone.

"Sim?" ela respondeu de maneira seca, ácido fórmico pingando da sua voz.

"Oh, meu *Deus*, eu estava tão *preocupado* porque você não ligou e saiu tão *depressa*! Você nem disse 'tchau!' *Por que* você não me *acordou?*"

"Não tenho de fazer nada, Alfred. Agora, o que é tão importante?"

"Só estou *preocupado*, Jessica. Eu me *importo* muito com você!"

"Alfred, lembra o que eu disse quando começamos?"

"Sim, mas isso não significa que não posso me *importar* com você! Além disso, não se trata disso. Embora ainda signifique algo para mim."

"Tanto faz. O que você quer?"

"Só queria te dizer o quanto sinto sua *falta!*"

"Alfred, por favor, pare com isso."

"Está bem. Está bem, *por favor*, apenas me ouça! Sei o que concordamos, ok? Mas sinto sua falta. Essa é a verdade honesta de Deus. Quero você de volta aqui comigo. Quero acordar e transar com você logo de manhã, todas as manhãs. Ontem à noite, eu estava tão sozinho. Estava só pensando em transar com você. Queria te visitar ... mas nem sei onde você *mora!"*

"Por uma boa razão." A voz dela estava tão fria que poderia congelar o inferno.

"Não consigo parar de pensar em seus seios e sua boceta molhada. Não consigo evitar. Quero você, todos os dias e noites. Quando você vem? Quando você planeja voltar para mim? Podemos fazer isso de novo. Desta vez, posso ser o escravo, se você quiser. Ou qualquer coisa. Vou fazer *qualquer* coisa por você! Você vai voltar, certo? Quero dizer, você vai querer me encontrar de novo? *Certo?"*

Houve uma pausa terrivelmente longa e vazia no telefone. Era *isto?* Todo aquele prazer extasiante, uma vez dele, acabou *para sempre?* Alfredo orou fervorosamente a todas as divindades que pudesse invocar. Mas o silêncio continuou, até que ele pensou que não podia aguentar mais.

Se ela não respondesse ou voltasse, ele se mataria, ele jurou.

"Talvez", ela sussurrou, tomando delicadamente seu café.

"Por favor, Jessica! Você pode ter todo o controle dessa vez. Tenho alguns presentes para você! Coisas *muito* caras! Comprei ótimas calcinhas e sutiãs que você pode usar para mim. Você não quer experimentá-los para mim? Tenho tantas coisas que comprei para nós. Você quer transar de novo?"

"Talvez ... olha, eu tenho que ir. *Não* vou fazer promessas. Mas em breve. Não vou dizer quando."

"Ok. *Em breve?* Está bem, estarei aqui. Você tem o meu número do trabalho?"

"Sim."

"Ok, então me ligue, *bebê!* Tudo bem, tchau."

Ela desligou porque ele não iria e quando estava sozinha, ouvindo a conversa dele na sua cabeça, não sabia se deveria estar assustada ou lisonjeada. Ela o veria de novo; ela sabia disso. Ela não conseguia ficar longe. Mas faria isso em seus próprios termos, porque era ela quem estava no controle, não ele ou seu enorme pênis roxo.

Mas quem é que *estava* realmente no controle aqui, ela ou o pau dele?

Passou uma semana e ela estava voltando da livraria, quando de repente teve vontade de ir à casa de Alfred. Por quê? Ela não sabia. Apenas se sentiu assim e se dirigiu até lá. Será que ele estava lá? Ela pensou nisso, sentindo-se muito cansada por dentro, mas foi.

Quando estacionou e saiu do carro, quis reconsiderar seu comportamento, mas sentiu que já era tarde demais. Ela não ia voltar; seus desejos não lhe permitiriam isso. Ela estava muito sozinha e isso chamava de maneira incessante dentro dela. Algo a estava impedindo de ir embora.

Mas quando caminhou até a porta da frente e bateu, ninguém respondeu. Ele não estava em casa. Mesmo assim, ela não queria ir embora, por isso entrou com a chave que ele havia lhe dado.

Ao entrar, ela viu que não havia ninguém em casa. Alfred devia estar fora, no trabalho ou em outro lugar. Então ela caminhou até o quarto e encontrou todos os brinquedos com os quais eles brincaram durante a semana do experimento. Ele não havia movido nada, como se o estivesse mantendo como um pequeno santuário perfeito para sua Deusa prostituta de alabastro. Mas na cadeira do quarto havia uma sacola plástica com sutiãs e calcinhas rendadas provocantes, em todos os tipos de cores. Algumas estavam dispostos na cadeira, como que para atraí-la com uma exibição colorida. Eram principalmente tangas e sutiãs sem bojos para cobrir os seios. Assim como tapa-mamilos, para cobrir apenas as pontas cor-de-rosa.

Ela experimentou e todos pareciam ótimos.

Ficou tarde e Alfred ainda não havia chegado em casa.

Onde diabos ele *estava*? Suspirando, ela percebeu que ele deveria ter ficado preso no trabalho. Ela saiu correndo, decidindo estacionar o carro a uma distância de sua casa, para que ele não o visse quando chegasse. Ela iria lhe fazer uma surpresa.

Após estacionar o carro, ela voltou e colocou tudo do jeito que estava antes de chegar. Depois de beber duas cervejas, enquanto trabalhava na terceira, ela foi com preguiça para o quarto dele. Parecia que esta era a única maneira dela transar com ele de novo.

Ela despiu-se, escondendo as roupas debaixo da cama e deitou-se. O quarto estava muito escuro e ele teria muita dificuldade em vê-la debaixo dos lençóis quando chegasse em casa.

Ela pareceu esperar uma eternidade. Durante o prolongado silêncio, ela ouviu a porta da frente abrir e fechar. Passos pesados se aproximaram, a porta do quarto abriu e ela ouviu uma pessoa pesada entrar no quarto sem acender as luzes.

Ela ouviu um saco cair na cadeira e depois ouviu quando ele saiu do quarto e entrou no banheiro. Após um longo momento, ele entrou na cozinha, pegou uma cerveja e entrou no quarto.

Uma vez lá dentro com ela, ela ouviu-o beber sua cerveja e começar a tirar a roupa. Ela ouviu-o tirar as calças enormes e viu sua forma gorda remover lentamente a camisa de corpo suado. Uma vez despido, ele deitou na cama e ela sentiu seu peso abaixar a armação enquanto deitava.

Colocando a lata de cerveja vazia na mesinha ao lado da cama, ele recostou-se, suspirando em solidão. Ele deve ter adormecido muito rápido, porque assim que deitou, começou a roncar.

Ela foi até ele. Quando conseguiu sentir seu corpo, ela poderia dizer que ele estava completamente nu. Ele desfrutara muito de sua nudez durante a semana que passaram juntos e havia decidido dormir sem roupa pelo resto da vida. Mas passar a vida sem ela, ele estava pensando seriamente em acabar com isso, pois ele realmente a amava. Ele até comprou um laço de cânhamo e embora fosse um sujeito bastante afável, planejava usá-lo amanhã.

Ela passou por cima dele, encontrou o pênis ereto entre as pernas, enquanto ele estava dormindo e sonhava contente com ela, e montou-o calmamente enquanto ele dormia. Ele não se mexeu; ele podia dormir profundamente sem acordar com a atividade repentina, estando tão fora de forma. E sendo também um cara razoavelmente legal, exceto por sentir falta de Jessica, Alfred tinha a consciência notavelmente limpa. Então ele dormia como um bebê, enquanto roncava como um demônio demente bêbado.

Ela guiou seu pau contraindo para dentro da sua boca vaginal rosada, sentindo-o deslizar com cuidado em seu sexo. Quando sentiu o pênis parcialmente dentro da abertura molhada, ela começou a se mover para baixo, empurrando-o ainda mais para dentro dela, porque ainda era muito grosso para desaparecer. Ela movia com avidez, dançando e batendo nele como um silfos disposto, lembrando. De alguma forma, era sempre como da primeira vez, como em seus sonhos enevoados, como se eles nunca tivessem feito isso antes.

De repente, Alfred pareceu pular enquanto dormia, mas não acordou completamente de imediato. Ele movia os quadris junto com ela, o sorriso em seu rosto aumentando. Nos seus sonhos, ele conversava com ela, dizendo o quanto a amava e propondo que eles morassem juntos para sempre.

Ela agarrou as mãos dele e colocou-as em seus seios e quando começou a apertá-los, ele abriu os olhos e, pasmo, percebeu que ela era real. Albert ofegou e apertando as mãos nos quadris dela, ele começou a se empurrar mais fundo dentro dela, fazendo-a gritar. Ele nunca tinha gostado dela por cima e então ele a virou para baixo dele, para que pudesse assumir o controle total.

Albert estava em cima dela agora. Mais uma vez ele queria abri-la e estava fazendo tudo o que podia para fazê-lo. Ele abriu ambas as pernas dela enquanto a deitava, forçando seu pênis mais para dentro. Parecia que, com o tempo em que ficaram separados, ele se tornara mais movido pelo sexo do que antes.

"Eu te amo!" seu hálito fétido e manchado de cerveja gorgolejou alto no calor do momento. Ele tentou beijá-la com paixão e ela virou o rosto para o lado com raiva.

"Sem beijos."

Ele não voltou a tentar, apesar de querer tanto. Mas ela sentiu aquele pau batendo mais forte nela. Parecia que, se ela não queria a parte dos seus beijos, ele teria a parte mais grossa do seu pênis rasgando-a completamente.

"Você *voltou!* Você queria mais. Não é? Você gosta tanto disso. Você gosta que eu transe duro com você! Você gosta do meu grande pau preto em sua pequena boceta branca!" ele gritou de prazer. "Eu te amo! Eu te amo! Deus, como eu te *amo!*"

Ela estava balançando a cabeça. Ela não queria ouvir. Como ele poderia saber isto? Ela não queria ouvir as suas palavras terríveis e quanto mais as ouvia, mais sentia que estava sendo estuprada em vez de permitir esta invasão da sua privacidade mais íntima e mais profunda.

"*Pare com isso*, Alfred!"

"Você gosta, você gosta assim! É tão grande. E sua pequena boceta é tão pequena, tão perfeita. Eu gosto disso!"

Quanto mais palavras ele dizia, mais ele enfiava nela. Ela estava quase deixando a coisa toda entrar, mas mesmo assim ficou parcialmente fora da sua pequena vagina. Ela sentiu que estava perdendo o controle de absolutamente tudo.

"*Pare* com isso!" ela gritou com toda a força dos seus pulmões. Desta vez, ela estava realmente falando sério.

"Mas você não *quer* que eu pare. Você gosta disto. Você quer que eu transe com você. Você gosta de pau, do meu pau grande, enorme e duro. Você está tão molhada, só de vê-lo! Você quer que eu te coma às cegas! Você diz 'não', mas seu corpo grita 'sim, sim!'"

Uma vez que ele disse isso e era a simples verdade, uma chuva de novas emoções correu dentro dela. O que *era* isso que ela estava sentindo, experimentando pela primeira vez em muitos anos? Isso estava trazendo de volta lembranças do seu marido há muito tempo falecido. Ela ficou mole como macarrão molhado, por toda parte e sentiu uma emoção que não havia uma maneira tangível de descrever.

Albert gozou uma vez, em grande quantidade. Ela entrou em colapso, quase desmaiando de emoção; o corpo dele caiu sobre ela, prendendo-a e ela sabia que havia apenas uma razão para essa ação dele. Ele não queria que ela escapasse novamente. E ela não conseguiu se mover. Ele segurou-a, como se estivesse dizendo em silêncio *eu nunca vou deixar você ir*.

Ele beijou seu rosto, tentando beijar sua boca, mas ela não deixou.

Os lábios gordos dele chuparam os lóbulos das suas orelhas, lamberam e sugaram o pescoço e depois os seios.

"*Você quer isso?*" ele questionou. "Você *quer* meu pau?" Ele praticamente exigiu que ela dissesse isso ou não a deixaria ir.

Fingindo tédio, ela mal olhou na direção dele.

"*Sim*", ela suspirou de maneira ardente, muito excitada para se importar mais. "É a única razão pela qual eu fico", ela admitiu. "Isso é tudo o que eu quero. Seu pau enorme pra caralho. *Não* ligo para você. Só para essa carne enorme entre as suas pernas. Não te amo. Apenas me satisfaça uma ou duas vezes por dia com sua masculinidade, e ficarei ao seu lado. Isso é tudo."

Mas uma parte dela estava começando a perguntar. *Por que* ele disse que a amava? De que se tratava *isso*, afinal? Ela sentiu-se um pouco perdida e desnorteada. Ela reviu imagens de George no elevador, sua imagem borrada refletida na porta, segurando seu pau comparativamente menor. Ela lembrou de sua total falta de sentimentos por ele e da sua total repugnância. Ele só queria usá-la e tinha sido emocionalmente abusivo, tentando amedrontá-la até a submissão.

De repente, ela não sentia *exatamente* o mesmo em relação ao Alfred. Algo era notavelmente *diferente* sobre ele, sobre as crescentes fantasias dela agora.

"Estou contente com isso. Posso viver com isso. Só quero transar com você, o tempo todo. Não quero saber por qual motivo. Só quero ter você. *Sempre* quis transar com você. Desde a primeira vez que te vi, *sonhei* com você, seus seios brancos lunares, sonhei em transar com você. Quando estava na cama, sonhava em transar com você. Quando estava no trabalho, sonhava que transava com você na cozinha quando estava trabalhando. Sonhei que você andava nua na minha frente e eu chupava seus peitos e você ria e adorava. E sonhei que você se abria para mim para que eu pudesse beijá-la.

"Sonhei que você estava nua, passando por mim, exibindo sua bunda branca tão orgulhosa, mostrando-me seus peitos, dando aqueles melões redondos para mim, para que eu visse como elas eram enormes, redondas e perfeitas. Sonhei com tudo isso, seu corpo pálido como a neve, dançando na minha frente, balançando, saltando. Suas tetas brilhavam de suor e saliva da baba da minha boca, dos meus beijos, chupadas e fodidas. Sim, sonhei com tudo isso, todas as noites, seu maldito corpo tão perfeito, tão *branco*, tão firmemente nu, parado na minha frente enquanto você falava comigo, era nisso que eu pensava, era isso o que eu sonhava. E é isso o que eu sempre quis.

"Sonhei isto tudo e você me dizia para trepar com você.

Você viria até mim e me mostraria seus seios; você se despiria e compartilharia comigo. E se eu fosse paciente, eu *teria* você! E você me mostrou o que significava não ficar mais *sozinho*, o prazer de conhecer você. De estar dentro de você. E agora, já não é mais um sonho. É?" Alfred declarou com alegria, olhando nos olhos dela. Ele era tão emocional, tão carinhosamente amoroso, tão dolorosamente *atencioso* ...

❧ 4 ❧
O SONHO DE ALFRED

... Eu a observei ali, nua debaixo de mim. Tão paralisada, tão ousada em voltar para mim, sem dizer uma palavra para minha loucura. Pois *era* loucura, eu sabia agora. Certamente era loucura amar alguém como eu. Eu não poderia deixá-la ir. Não poderia deixá-la escapar de mim, depois de revelar o que eu realmente sentia por ela.

O sonho estava *vivo;* era a verdade!

Eu tinha sonhado com ela muito antes dela se entregar a mim ou até de me conhecer; e nesse sonho ela estava sorrindo para mim, estava andando pela cozinha do hotel sem roupas e eu estava lá. Mas só eu conseguia ver que ela estava nua, porque ela estava nua para mim.

E só para mim. E neste sonho ela veio até mim, ficou na minha frente sorrindo, pedindo sua refeição do dia. Ela estava nua; ela sabia disso, eu me perguntava. Ela parecia tão inocente, tão pura. E eu fiz um comentário no sonho sobre seus mamilos, como eram bonitos, roliços e rosados e como eu queria tocá-los e senti-los.

E no sonho ela sorriu e riu, como se estar nua fosse uma coisa normal para qualquer um. E ela segurou os seios, apertando-os nas mãos e oferecendo-os para mim. Ela me deixou tocá-los; ela riu quando eu os belisquei e sorriu e deu uma risadinha quando perguntei se poderia chupá-los. E no sonho, quando ela disse 'sim', aproximei meu rosto daquelas belas mamas e chupei-as como um bebê mamando nos mamilos da sua mãe.

Foi maravilhoso chupá-las. E no sonho, ela apenas sorria, ria, dava risadinhas e pulava de alegria quando eu fazia isso, como se fosse uma coisa perfeitamente inocente de se fazer.

Perguntei se ela iria balançá-las e ela dançou e se sacudiu, apenas para eu ver. E aquelas mamas pularam e sacudiram e eu ainda as chupei e ela só riu.

No sonho, ela não se importava se eu as tocasse. Perguntei se seu sexo estava molhado. Ela apenas riu, balançou e respondeu 'sim'. Pedi para tocá-lo e ela assentiu. E enquanto chupava suas mamas, eu também tocava seu sexo, levantando minha mão apenas por um instante para colocar um dedo dentro dela.

E no sonho, ela gostou, dançando enquanto eu a tocava e enquanto chupava seus seios. Como se tocar sua boceta molhada fosse natural. Mas ela adorou. E eu chupava suas mamas e tocava sua boceta molhada e o tempo todo ela sorria e dava risadinhas.

Sonhei que mostrava meu pau para ela. E que eu o tirei para fora e ela observou com um 'Ah!' ofegante e comentou quão largo, grande e bonito ele era. E enquanto chupava suas mamas e colocava meus dedos gordos dentro da sua boceta, eu mostrava a ela o monstro. E ela apertou os seios para que eu pudesse continuar a chupá-los e se aproximou mais para que eu pudesse continuar a cutucá-la com meu polegar gordo.

Perguntei a ela: "Posso colocar meu pau dentro da sua boceta molhada?" E foi no sonho que ela assentiu um 'sim'. Em vez dos meus dedos, cutuquei-a com meu pênis, colocando-o dentro da sua bocetinha e ela se contorceu e dançou para mim, empurrando-o e disse que fazia cócegas quando eu o forçava para dentro. Ela achou que era natural. Tão natural quanto estar nua, tão normal quanto me fazer chupar seus seios e tão real quanto me fazer acariciar seus lábios rosados e molhados.

Eu adoro esse sonho.

Jessica não disse uma palavra. Ela sabia que era verdade. Ela adorava seu pênis e nunca o deixaria. E quando ele a pressionou na cama, ela deu um suspiro de alívio enquanto ele deslizava, várias vezes, para dentro dela. O músculo era o mesmo de sempre, tão quente e duro quanto grosso e a carne mais dura que ela já tinha experimentado.

Levou um tempo deslizando dentro dela, empurrando e embrenhando-se de maneira valente, mas era grande demais para sempre beijar cintura contra cintura. Ela não se importava, desde que estivesse dentro dela, trepando com ela.

Duas horas se passaram e ela acordou mais uma vez deitada ao lado dele. Ele ainda estava chupando seu seio quando ela abriu os olhos; ela achou seu pênis meio dentro dela e não a surpreendeu que ele ainda a estivesse transando com ela, mesmo no sono.

Na verdade, excitou-a ouvi-lo chupando seu seio. O mamilo estava ficando dolorido e ela o retirou com cuidado da sua boca e colocou o outro seio antes que ele pudesse acordar e começar a procurar de maneira irritada por ele.

O enorme pênis comprido balançou dentro dela e ela percebeu que ele estava chegando de maneira violenta ao momento do êxtase mais uma vez, desta vez, em seus sonhos.

Não havia como escapar da loucura obcecada por sexo dele. Mas por algum motivo estranho, ela já não estava mais tentando fazer isso. Era como se ela estivesse se acostumando a esse ritual peculiar. Quando os espasmos violentos começaram, ele agarrou suas nádegas. O tempo todo ele dormia e balançava-a, socando o pênis cada vez mais fundo, quase completamente, com um prazer trêmulo.

Ela conteve seus gritos suaves de êxtase e dor enquanto ele continuava a fazer isso ao mesmo tempo em que mastigava seu seio. Ela ofegou de prazer, sentindo os dentes e língua mastigando loucamente seu mamilo e, no entanto, o pênis perfurando de maneira perversa dentro dela não daria lugar aos seus gemidos.

Quando ele finalmente gozou, ele parecia segurá-la com força e ela sentiu seu interior se rasgar e explodir de maneira dolorosa pela pressão do seu pênis, enquanto ao mesmo tempo a boca grande engolia seu seio, chupando-o ensandecido, como se a qualquer minuto fosse lançar seu néctar na boca disposta.

Enquanto ele continuava a gozar, a sucção diminuiu e ele começou a mordiscar o mamilo de maneira mais suave. O pênis grande se recusava a deixar seu sexo inchado e molhado. Ficou parado dentro dela como um plug gigante. E por um instante, ela temeu que ficasse preso para sempre, profundamente dentro dela.

Ela não se mexeu no início, com medo de acordá-lo. Ela podia sentir o cheiro do suor do seu corpo e sabia que ele provavelmente não tomava banho há mais de dois dias.

Ela se afastou dele e ele caiu de costas na cama, ainda dormindo profundamente. Ela sentou-se, observando-o do lado da cama e se perguntou o que ela tinha visto nele. Ele era *tão* gordo e tão *feio!* Mas antes que pudesse desviar o olhar, sua resposta surgiu entre as pernas gordas, inchadas, enrugadas e enormes. O pênis ainda duro como uma rocha e tão comprido quanto o braço de uma criança pequena, estava em pé por conta própria, saudando a beleza pálida dela, nunca amolecendo. Balançou no ar entre as pernas dele, zombando dela de seu lugar ao lado da cama, como se quase desafiando-a a ir embora ou montá-lo mais uma vez.

Ela jurou que estava vivo, e agora ele estava chamando por ela.

"Me Fode", estava dizendo: *"Me fode. Me afunda dentro da sua linda bocetinha. Vamos lá, bebê ..."* Ela quase sentiu que *devia* ir até lá e, quando subiu de novo na cama e estava a poucos centímetros dele, observando-o se mover junto com o ronco de Alfred, ela percebeu o que estava fazendo. Jessica deteve-se, afastando-se devagar; só então ela sentiu a dor dos seios e a dor entre as pernas. Ela sabia que tinha que ir embora, afastar-se do pau monstruoso. Mas sempre que ela olhava para ele, parecia possuir uma força grande e poderosa que a mantinha ali.

Jessica afastou-se, temendo que sua grande energia a atraísse de volta para ele. Por um instante, ela estava de novo na cama, subindo mais perto, sentindo sua excitação crescendo de maneira rápida, não importando quão doloridos os músculos do seu sexo palpitassem. Ela não conseguia ignorar aquela convidativa vara roxa de alegria.

"Sim", Jessica sussurrou, lambendo os lábios carnudos, subindo na cama como um esquilo fêmea louca, não ouvindo nada além de seus próprios desejos, sentindo seu sexo molhado mais uma vez.

"Estou aqui e estou pronto." Jessica engatinhou até ele, aproximando-se de maneira ávida até parar para observá-lo, como se com cada olhar a possuísse mais e mais até que ela não pudesse mais lutar contra isso. Ela estava ficando cada vez mais fraca. Ela esfregou os seios, sentindo os mamilos duros e a si mesma molhada com insinuações de glória.

Tenho que ter você. Sim, mais uma vez. Jessica pairou sobre o corpo adormecido parecendo sem vida de Alfred e sentou-se na frente da coisa monstruosa, que balançava como uma boia oceânica na frente dela. Derramava seus fluidos, que escorriam pelo lado da grande boca e, como uma píton roxa balançando, moveu-se para ela como se estivesse viva e se aproximou de sua boca rosada, como se dissesse: *"Suba!"*

Jessica hesitou no início, mas quando sentiu que roçava nos seus pelos pubianos, ela se beliscou. Seus seios grandes saltavam enquanto se movia sobre o corpo enorme de Alfred e ela desceu sobre ele como um anjo adormecido, nu e protestante. Mas agora o pau estava sob sua fenda cor-de-rosa pronto para ela. Seus fluidos ainda estavam derramando da entrada, fluindo por cima e lubrificando-o. Ela estava sob seu controle e finalmente sabia disso. Mas, de certa forma, todo cuidado foi retirado dela, quando ela sentiu o pênis a abrindo. Ela ofegou, dando risadinhas de excitação enquanto sua descida levemente angelical a aproximava dele e o atraía mais profundo dentro dela.

O órgão grande empurrou através dela, embora não desaparecesse completamente enquanto ela tentava sentar-se em cima dele. O músculo dolorido queimou entre suas pernas e ela segurou os seios, provocando-os enquanto sentia o membro quase inflar dentro dela. Estava crescendo ainda mais, como se estivesse expandindo com uso frequente? Já era enorme e agora parecia estar ficando maior.

Os seios de Jessica saltavam enquanto ela dançava em cima dele, empurrando-o com mais força dentro dela, o tempo todo mordendo o lábio para não gritar. Ela ofegava e ria. Ela estava enlouquecendo de alegria? E ela acariciava os movimentos minúsculos que eram permitidos, com gentileza. Suas entranhas estavam queimando, mas ela não conseguia se conter; ela queria mais. Como a loucura que Alfred tinha, ela havia sido infectada.

Uma pequena vitória apoderou-se da sua boca minúscula e ela exalou em um orgasmo delicioso. Ela se segurou por um instante, agarrando o monstro dentro dela. Afinal de contas, ela temia que não conseguiria tirá-lo. Seu tamanho havia crescido dentro dela e agora parecia fazer parte dela. Ela tinha finalmente acolhido o pênis inteiro? Não, ainda não, embora estivesse cada vez mais perto de finalmente engolir suas bolas salientes.

De repente, suas entranhas se agitaram com um êxtase orgástico e ela mergulhou até a base do pênis enorme. Ela havia finalmente alcançado o ápice de engoli-lo inteiro! Ela ofegou mais uma vez e desta vez quase se arrancou do pênis.

Com certeza, soltar-se da sua pegada monstruosa faria com que ela voltasse ao normal. Mas ela olhou para ele quase com carinho, enquanto trabalhava sua antiga magia negra nela mais uma vez. Alfred não tinha se mexido do seu lugar, embora tivesse balançando os quadris em uma batida rítmica enquanto ela estava transando com ele. Ele ainda estava deitado na cama, roncando de maneira ensurdecedora, com um grande sorriso beatífico no rosto gordo e negro.

Ele sequer sabia o que ela estava aprontando? Ele sabia que ela *finalmente* o acolheu inteiro?

Ela olhou para o pênis enquanto ele zombava dela de maneira visível e obscena e estendeu a mão para segurá-lo. Ela mal conseguia mantê-lo em sua mão pequena e feminina. Ela se inclinou sobre ele e levantou-o, enrijecendo no ar como se fosse uma haste de milho. Quando se abaixou, ela beijou a cabeça enorme e em seguida, quase de maneira mecânica, ela recuou devagar e abriu a boca para ele, fechando os olhos.

Na mesma hora, um jorro leitoso borrifou da abertura do pênis, lavando-a e aterrissando bem dentro da sua boca. Uma parte caiu dos seus lábios arqueados, escorrendo pelo pescoço. Ela lambeu um pouco do líquido da sua boca, servindo-se do resto com o dedo.

Ela abriu os lábios para deixar o pênis borrifar seu rosto, mas desta vez, cobriu seus seios com leite quente. Ela esfregou o líquido no corpo, fascinada pelo seu néctar mágico.

O esperma pegajoso a cobriu e ela ajudou, banhando sua

figura, esfregando os seios e a boceta com ele. Ela abriu os olhos que brilhavam de maneira intensa e abaixou-se para colocar os lábios no pênis. Que congelou, como se com a boca, ela o mantivesse no lugar. Chupando o pouco que conseguia pegar, a língua estendida sobre a parte de trás do corpo do pênis, lambendo quase toda a pele pegajosa em uma tragada gananciosa.

O órgão desapareceu em sua boca, que sugava com perícia, várias vezes, embora ela não pudesse tomar a coisa toda de uma vez. Todas as vezes ela lambia os lados do que não conseguia administrar, lambendo-o até as bolas. Ela lambeu os testículos pretos pegajosos e peludos, limpando o néctar dele, acariciando de maneira brincalhona sua virilha com a boca quente. Ela ouviu suspiros suaves caírem dos lábios de Alfred e sabia que ele estava apreciando, assim como ela percebeu que estava.

Ela lambeu o corpo roxo do pênis volumoso e cheio de veias mais uma vez, quase engolindo-o inteiro como havia feito recentemente com a boceta, chupando e chupando até que sentiu uma corrente de leite quente encher sua boca e engoliu-o de maneira ávida até deixá-lo seco.

Ela afastou-se, lambendo o líquido restante dos lábios. Ela estava satisfeita e pôde ver que Alfred também estava. No entanto, o pênis ereto contava outra história e, de alguma forma, ela sentiu-se contente. Era uma coisa monstruosa e com tesão e ela sentiu que isso havia lhe ensinado muito. Ceder à gigantesca majestade roxa era uma das coisas, mas agradar a si mesma era o maior dos seus ensinamentos.

Ela estava satisfeita e a circunferência monstruosa, dura e negra tinha libertado uma parte sexualmente insaciável dela, uma que ela temia antes.

Ela era agora mais forte, ela pensava. Ela não tinha medo de admitir para si mesma que queria *isto*. Tampouco tinha medo de qualquer julgamento dos outros. Ela sentia-se livre, pela primeira vez em sua vida enclausurada e isolada. Mas ela não conseguia entender como aquele pedaço enorme de carne a tinha finalmente quebrado e, ao mesmo tempo, a despertado. Algum tipo de sentimento novo rompeu-se dentro de seu peito. Ela sentia vontade de chorar baixinho.

Então algo se revelou para ela e ela logo percebeu o que estava acontecendo. Ela olhou para si mesma, seu corpo brilhando com néctar quente e branco, brilhando com seu creme vitorioso e cheio de vida, revelando-lhe quem era o verdadeiro vencedor desta batalha.

"Não." Ela afastou-se, chocada e horrorizada, seu corpo atormentado pela dor e pelo espanto e ficou de pé na beira da cama, encarando Alfred com uma raiva volumosa e transbordante. A realidade estava definitivamente voltando. Estava erguendo sua cabeça feia, uma ainda mais feia que a de Alfred, mas estava lá, pronta para lhe dar um tapa na cara e era algo do qual ela não podia escapar.

"Não posso. Você me traiu. *Não* desta vez", ela sussurrou e começou a afastar-se, deixando Alfred e o seu monstro para trás; mas foi então que ela sentiu um toque e tropeçou de volta na cama, enrolada ironicamente nos lençóis quentes e pegajosos. Ela tinha certeza de que tinha sido a pele fria do pau tocando suas nádegas, tentando mais uma vez penetrá-la. De maneira obstinada, ela se recusou a reconhecê-lo, mas o pau insistia em ser ouvido e ela sabia disso.

Ela levantou a perna na cama em obediência ao monstro, mas só então que se lembrou da bonita pulseira ao redor do tornozelo.

Ela virou-se de repente em direção à cama. Alfred estava sentado atrás dela, com um sorriso misterioso e sem graça, quando ela o fez. Ela tentou se levantar e tropeçou, quase caindo para frente.

O pau estava de novo cutucando seu traseiro, quando ela recuperou o equilíbrio. Foi só então que ela percebeu que

Alfred estava parado atrás dela, segurando o tornozelo habilmente no lugar.

"Qual o *significado* disso?" ela gritou de maneira não convincente, coberta de tal forma em seu atraente néctar que o agradou tremendamente quando ele lhe deu pequenos puxões no tornozelo.

"Não queria que você fosse embora. Você *sabe* como os sonhos são. São sempre mais importantes do que qualquer outra coisa, até do que a própria realidade, não importa como seja. Por favor, não fique zangada. Apenas fique aqui, onde você está segura. É muito provável que você se machuque lá fora, no mundo cruel e malvado." Ele puxou a tornozeleira, como se pretendesse puxá-la de volta para ele. E ela podia sentir o pênis atrás dela.

Ela não disse uma palavra. O que ela poderia *dizer?* Ela estava se perdendo. Ela estava perdendo o controle da situação. Como ele tinha agarrado sua tornozeleira de escrava quando ela já tinha ido embora?

"Apenas fique...um *pouco* mais," ele insistiu de maneira brincalhona, puxando a tornozeleira fofa.

Albert veio por trás e enfiou devagar o pênis inteiro dentro dela. Ela desistiu de tudo, todos seus planos para viver sozinha para sempre, sentindo saudades do marido morto, assim que sentiu o pênis *estalar* dentro dela, quase de maneira imediata.

Ele mal lhe deu tempo para responder. *Por que só precisa evitar contato com outras pessoas,* ele pensou rindo, *é tão solitário* e ela ouviu cada palavra gentil dele. Como se ela atravessasse um sonho sensual, mas um sonho em que ela finalmente estava realmente acordada, ela aproximou-se dele com gratidão. Ele empurrou a cintura fina dela contra a sua cintura grossa, forçando seu ser frágil e pálido para ele.

"Você *gosta* disso! Você gosta de tudo isso e de mim. *Não* diga que não gosta. Sei que você gosta. Percebo o quanto você realmente gosta."

"Pare com isso," ela sibilou com relutância através de estertores minúsculos ecoando em sua boca pegajosa e estremeceu quando ele penetrou nela com grande força, mas com toda honestidade ela não queria que ele ...começasse? *Parasse?*

"Pare com isso e me deixe ir. *Estou falando sério!*" No entanto, ela ofegou mais uma vez, ainda mais alto, gemendo de maneira perversa como uma prostituta virginal, sentindo um orgasmo crescente se aproximando. Ela pegou as mãos gordas dele e colocou-as em seus seios. Ele apertou-os de imediato, empurrando para dentro dela com mais força.

"*Isso* é tudo que você tem?" ela zombou dele, gemendo descontrolada.

E com um sorriso vitorioso e perverso ele meteu nela com mais força, usando seus seios como alavanca. Ele chegou por trás, sugando sua orelha, lambendo seu pescoço, criando pequenos chupões e mordidelas. Ela franziu o cenho quando ele mordeu seu ombro, de maneira nobre e teimosa virando o rosto.

"Quero te *ver*," ele sussurrou. "Quero ver seu rosto adorável. Não suporto não ver seu rosto. Preciso vê-lo, para acreditar. *Acreditar* que estou realmente transando com você."

"Não pare, seu bastardo gordo, não pare." E ele não parou, por mais que quisesse ver seu rosto, ele não parou de se mexer.

"Deixe-me *ir*," ela ainda sibilava através dos gemidos trêmulos. "Preciso ir para casa. Tenho de ir trabalhar. Preciso viver minha *própria* vida, do meu jeito."

"Não. *Nunca!* Você é a porra da minha alegria. Você gosta disso. Você sabe. Você não quer ir embora. E você não irá. Você vai vir morar comigo, aqui, para sempre. Eu te amo."

"*Então me deixe ir.* Se você sabe que não vou embora, me deixe *ir*."

Ele gozou mais uma vez, afastando-a com gentileza e caiu na cama para observá-la.

Ela estava nua na frente dele. Ela era a criatura mais bonita que ele já tinha visto ou foi capaz de transar. Mas por que *ele?* Ele ainda não entendia. Por que não algum outro cara, com pele bonita, dentes bonitos e um corpo magro e musculoso? Por que ele...? Deve ser por causa da *coisa* entre suas pernas, *é* por isso, ele concluiu trêmulo.

Sentindo-se momentaneamente entristecido com essa constatação crua, ele ajoelhou-se, antes que ela protestasse mais uma vez e pegando a chave mágica de dentro do sapato, ele a libertou das amarras das suas fantasias místicas e sonhos eróticos e molhados.

Ela não disse nada. Ela não precisava, ele pensou. Ela era linda e conservava essa sua característica muito bem. Seus seios brancos balançavam quando ela se levantava ou se movia, até para algo mínimo. Os fluidos sexuais escorriam pelas laterais das suas pernas pálidas, tão quentes quanto a fenda minúscula entre elas que ele queria dominar e governar. Agora, ele não poderia.

Houve um silêncio longo e prolongado entre eles, no qual a eterna rotação do planeta podia ser sentida. Então ele se aproximou mais, ainda de joelhos e beijou a parte interna da sua coxa. Lambendo o néctar que havia escorrido pela lateral da sua perna, ele acompanhou-o até sua boca rosa. Ele ouviu-a gemer, mas ela não o impediu. E com esse convite aberto, ele lambeu sua boceta. A língua lambeu a pele aberta, separando cada lábio carnudo até que seu néctar eterno e talentos estavam expostos e pulsando do seu pequeno esconderijo.

Sua língua enterrou-se nela, subindo continuamente até que tudo que ele podia ouvir eram seus gritos trêmulos. Toda sua boca estava dentro dela, a língua grande tão real quanto aquele seu pênis enorme, só que não tão dura, mas mesmo assim tão molhada, quente e faminta.

Ela recuou de maneira furtiva, mas ele puxou-a para frente, chupando-a de maneira tão impiedosa que ela estava ofegando e dando risadinhas de prazer, como nos seus sonhos noturnos originais com ela. Com cuidado, ela caiu no chão, os seios atraentes balançando em sua descida delicada.

Quando ficou viva mais duas vezes, ela ficou deitada muito imóvel, com os olhos líquidos fechados, respirando de maneira excessiva e descontrolada. Ele desceu sobre ela e conduziu o pênis para dentro dela mais uma vez. Ela gritou divertida enquanto ele rasgava-a, sem hesitação. Ela amava isso e ele sabia.

Rastejando de volta para a cama, eles dormiram assim, envolvidos nos braços um do outro como crianças lascivamente perversas. No cio como doninhas gêmeas despreocupadas em sua toca e *ele* não aceitaria que fosse de outra maneira. E agora, ela *realmente* sabia disso. Finalmente.

Era sempre seu pênis enorme que estava inchando em sua boceta apertada e molhada. Empurrando para dentro dela com mais força, dia após dia, até que ela quase explodia e engolia suas bolas também.

Horas se passaram, dias, semanas, meses estendendo-se em anos e todos foram momentos de êxtase puros e plenos, sem nunca ter um fim à vista. A manhã nasceu, depois a noite de veludo acenou e seu pênis roxo nunca deixou a boca rosa. A solidão e insegurança mutuamente impostas haviam morrido com alegria. E eles transavam em um sonho sem limites, mágico e místico, de um paraíso eterno, sempre e quando Alfred quisesse.

ALSO BY